# 飛月悲歌

비월비가

飛月悲歌 비월비가

1판 1쇄 찍음 2014년 5월 2일
1판 1쇄 펴냄 2014년 5월 9일

지은이 | 산수화
펴낸이 | 정 필
펴낸곳 | 도서출판 **뿔미디어**

편집장 | 이재권
기획 · 편집 | 윤영상

출판등록 | 2002년 9월 11일 (제1081-1-132호)
주소 | 경기도 부천시 원미구 상동로 117번길 49(상동) 503호 (우)420-861
전화 | 032)651-6513 / 팩스 032)651-6094
E-mail | bbulmedia@hanmail.net
홈페이지 | http://bbulmedia.com

**값 8,000원**

ISBN 979-11-315-1146-6 04810
ISBN 979-11-315-1144-2 04810 (세트)

# 飛月悲歌

## 비월비가

산수화 신무협 장편 소설

부위정경(扶危定傾)

**2**

뿔미디어

# 차례

1. 추왕이청(追王二靑)(1) ·· 7

2. 추왕이청(追王二靑)(2) ·· 55

3. 추왕이청(追王二靑)(3) ·· 87

4. 오왕출전(烏王出戰)(1) ·· 153

5. 오왕출전(烏王出戰)(2) ·· 177

6. 오왕출전(烏王出戰)(3) ·· 231

외전(外傳)(2) ·· 291

# 1.

## 추왕이청(追王二靑)(1)

"과연 서호신가의 고풍스러운 건군미학(建群美學)은 절강에서도 손에 꼽는다더니, 서호자락 앞에 능히 자리를 잡을 만한 아름다움이구나."

나직이 감탄하는 목소리는 가히 만인에게 사랑받을 훈훈한 분위기를 자아낸다.

여인의 목소리치고는 조금 낮은 감이 있었지만 매서운 겨울의 한파조차 봄날의 떨어지는 꽃잎으로 만들, 어떠한 광휘라는 것이 있었다.

마력적인 목소리만큼이나 그녀의 외관 역시 감탄이 절로 나오는 것이었다.

흑단처럼 허리까지 내려오는 머리카락은 잘 정돈이 되어 있었고, 약간은 까무잡잡한 피부와 생기 넘치는 이목구비가 건강미의 극한을 보여 주었다.

궁장을 입었으나 여느 여인들에게서 보지 못할 탄력적인 몸매와 강건한 그녀만의 아름다움은 타의 추종을 불허했다.

심지어 왼손에 쥐고 있는 한 자루의 날렵한 직도(直刀)마저도 그녀의 아름다움을 배가시키고 있었다.

강호에 나서 협녀(俠女)가 되기 위해 애쓰는 모든 여무사들이 상상 속에서나 꿈꿀 법한 완성형의 외관을 그녀는 갖춘 것이다.

그녀는 싱그러운 미소를 지으며 서호신가의 대문으로 다가갔다.

삼 일 뒤에 이루어질 신가의 소가주 혼인식 때문이라도 사람들이 무척이나 많을 법한데, 아직 대문 앞은 한산했다.

이미 모실 분들은 전부 객당으로 모신 상태이거나 혼인식을 조촐하게 치루겠다는 의미이거나, 둘

중 하나이리라.

세가의 대문을 지키는 수문위사 한 명이 한 걸음 앞으로 다가섰다.

"혹, 신가에 볼일이 있으신 분이신지요?"

그녀는 힘차게 고개를 끄덕였다.

"맞아요. 소가주 혼인식의 객으로 왔어요."

"그러십니까? 하면 안으로 들어가셔서 인명부를 관리하는 서기(書記) 분께 성명을 알리시고 객당으로 인도를 받으시면 될 것입니다."

그녀는 내심 깜짝 놀랐다.

아무리 소가주의 혼인식이라지만 통과의례가 지나치게 담백했다.

더군다나 그냥 손님도 아니고 손에 칼까지 쥐고 있는, 나 무림인이에요, 라고 명확하게 알리고 있는 사람이 아니던가?

그녀의 눈동자가 찰나지간 얇아졌다.

수문위사들의 얼굴에는 한 점의 사욕도 보이지 않았다. 오로지 세가의 대문을 지키는 위사로서 책임감과 자부심 그리고 묘한 딱딱함만을 취하고 있을 뿐이다.

전형적인 남자가 아니라, 전형적인 무사의 얼굴들이다.

이윽고 그녀는 감탄하고야 말았다.

혹 여인이라서 쉬이 통과를 해 준 것이 아닌가 싶었더니 그도 아니었다.

오는 자 막지 않고, 가는 자 잡지 않는다.

저 강대한 세력으로 천하에 위엄을 알리는 철혈성조차도 복잡한 절차를 통해 입퇴(入退)의 허가를 받거늘, 서호신가는 그런 것조차 없었다.

그 속에는 위법과 부도덕으로 쌓은 명성이 아닌, 오로지 일신의 힘과 능력으로 커 나간 세력만의 자부심이 있었다.

진정한 정도(正道)의 무가(武家)가 가질 포용력과 웅장한 힘이 느껴진다. 수문위사들조차도 이럴진대 가문 내에 정예 무사들은 어떨 것이고, 가주는 또 어떨 것인가. 과연 역사가 인정한 순백의 정도무파(正道武派)다운 배포였다.

'이곳 무사들과는 순수하게 비무라도 해 보고 싶다. 그 의기(義氣)를 보고 싶어.'

물론 그녀가 오해하는 부분도 있었다.

수문위사란 가문의 정예라 보기 어려운 실력의 무사들이지만 절제, 냉정, 문내법도(門內法道), 불굴 등 무사가 갖추어야 할 덕목들을 몸에 새긴 자들이 아니라면 맡을 수 없는 자리이기도 하다.

그 세력의 얼굴이며 시작이자 끝.

어중이떠중이에게 수문위를 맡길 만큼 멍청한 짓도 없는 것이다. 세력에 속해 있지 않고 천하를 방랑하며 명성을 떨쳤던 그녀에게는 다소 낯선 문제였다. 그러나 확실히 서호신가의 위상은 여타 세력들에 비해 남다른 것이 있었다.

그녀는 문내로 들어가 분주히 움직이는 사람들 속에서 서기를 찾아냈다.

깔끔한 인상의 청년으로 조금은 유약해 보였지만 지혜와 정기가 충만한 느낌이다.

청년은 별빛처럼 빛나는 눈으로 그녀에게 물었다.

"본가의 객으로 방문하신 분이십니까?"

"맞아요."

"실례지만, 성명이 어찌 되시는지?"

"강소란(姜素蘭)이라고 해요."

청년의 눈동자가 찰나지간 반짝 빛났다가 이내 정상으로 돌아왔다. 그는 인명부에 거침없이 붓을 놀렸다.

언뜻 보아도 가히 명필(名筆)이라 불릴 만한 서체.

강소란은 또다시 감탄했다.

청년이 인명부에 적은 글자는 정확하게 일곱 글자였다.


봉황상도(鳳凰霜刀) 강소란(姜素蘭)


대강남북을 통틀어 무위의 대단함이 이미 젊은 층에서 비할 수 없을 정도의 후기지수를 모아 남북십걸(南北十傑)이라 한다.

남궁소소가 바로 남북십걸 중 북오걸의 일인이 었으니, 당무환과 진조월의 감탄을 받아 낸 그녀 정도의 무력을 갖춘 청년처녀들이 열 명이나 된다는 소리였다.

봉황상도 강소란.

남오걸(南五傑)의 일인으로서 특히 남북십걸의

후기지수들 중 세 손가락 안에 들어가는 강자인 여장부.

광서성 출신으로 어릴 적부터 이인(異人)의 눈에 띄어 무도(武道)에 눈을 뜬 그녀는 스물의 나이로 강호에 출두, 오 년 동안 정확하게 백팔십 명의 악인(惡人)들을 베어 천하에 명성을 알린 일대의 재녀이자 협녀였다.

특히나 감숙의 북부에서 그토록 민심을 흉흉하게 만들었던 마적단, 풍사단(風砂團)의 단주 광마도(狂魔刀) 고일을 백여 초 만에 참수한 사건은 그녀의 이름을 하늘까지 치솟게 만들었다.

광마도 고일이라 하면 비록 마적단의 두령이긴 하나, 지난바 무위가 능히 절정에 달했다고 알려진 도법(刀法)의 고수로써, 홀로 화산파(華山派)의 매화검수(梅花劍手) 셋을 저세상으로 보내 버린 전적이 있는 무법의 무사였다.

흔히들 얘기하는 그러나 그리 되기란 지극히 어려운, 말 그대로 절정고수인 것이다.

그런 고수를 서른도 되지 않은 여무사가 벤 것이다.

당연히 회자될 수밖에 없는 무위였다.

무림을 살아가는 무사들에게는 한 번이라도 봤다면 소원인 사람이 강소란이라 할 수 있을 터.

그럼에도 청년의 눈에는 어떠한 경탄이나 절세미녀에게 보일 만한 욕망은 물론, 손님 이상의 관심조차도 찾아볼 수 없었다.

그렇다고 예의가 없느냐면, 그것도 아니었다. 정확하게 선을 그어서 혼인식에 참석한 손님으로서의 예만을 지키고 있었다.

그는 총총걸음으로 강소란을 객당까지 안내하고는 불쑥 사라졌다.

"이거야 원. 역시 신가라고 해야 하나?"

명성에 연연하는 성격도 아니고, 뒤에서 수작질 일삼는 자를 제일로 싫어하는 담백한 사람이 강소란이었다.

그녀는 적어도 스스로를 그리 자부하는 사람이었다.

하지만 그래도 천하를 떠돌며 얻은 명성과 위치라는 것이 있는데, 서호신가의 사람들은 그런 그녀를 보고도 놀라는 기색이 없었다.

너무 담백해서 오히려 자신이 민망할 지경이었다.

하지만 마음에 든다. 이런 담백한 사람들이 속한 가문을 그녀는 처음 보았다.

강소란의 입가에 시원스러운 미소가 어렸다.

"명색이 소가주의 혼인식이니까 강호에 난다 긴다 하는 유명 인사들도 많이 오겠지?"

강소란이 바라는 것은 다른 것이 아니었다.

강자와의 비무.

아직 꼬마라 불리어야 마땅할 어린 시절부터 세상의 더러움을 많이 보고 자란 그녀는, 그 어린 나이에도 세상에 대해 어떤 환멸 같은 것을 느꼈다.

부모는 누구인지도 모르고 친인들은 물론, 형제자매조차 없었다.

그런 그녀를 구제해 준 것이 바로 그녀의 스승이 되는 사람으로 당금의 그녀를 만들어 준 은인과도 같았다.

그녀는 스승 밑에서 글자 이외에 오로지 칼을 쥐고 휘두르는 법만 배웠으며, 이내 어느 정도 자신감이 생기자 어릴 적, 자신과 같이 불행한 삶을 살아갈 세상 모든 어린아이들을 위해 온갖 악인들을 베고 다녔다.

하지만 참악(斬惡)의 강호행을 목적으로 세상에 나온 그녀에게 또 다른 욕망이 안개처럼 다가왔으니 그것은 바로 칼의 길, 무도의 길이었다.

죽일 놈들은 죽이되 무도의 매력에서도 헤어 나오지 못한 그녀는 자신에게 어떤 정체기가 있을 때마다 대무(對武)의 강렬함을 느끼게 해 줄 상대를 찾아다녔다.

어찌 보면 순수하게 혼인식을 축하하러 온 자리는 아니었지만, 그녀는 자신의 마음이 바라는 대로 몸을 이끌었다. 축하는 축하대로 해 주면 되는 것이고, 대무 상대를 찾는 것 역시 소홀히 하지 않으면 되는 것이다.

강소란은 간단하게 생각했다.

'어쩐지 여기에 강자들이 많이 모였을 것 같아.'

그녀는 달콤한 미소를 지으며 잠을 청했다.

적어도 그녀의 예감 하나는 맞았다.

현재 서호신가에 자리를 잡은 무인들 중 그녀를 손짓 한 번으로 가랑잎처럼 날려 버릴 초인이 적어도 다섯 명은 있었으니까.

게다가 그녀의 흥분을 극치까지 끌어 올려 줄 강자들은, 아직도 신가에 모두 도착하지 못한 상황이었다.

그것을 아는지 모르는지 금세 꿈나라로 빠진 그녀는 코까지 곯고 있었다.

서호신가 소가주의 혼인식, 삼 일 전이었다.

*       *       *

진조월은 창가를 바라보았다.

석양이 지고 있었다.

강렬한 빛으로 세상을 비추던 태양이 슬그머니 산 뒤로 몸을 숨기고, 그림자처럼 숨어 있던 달이 다시금 소심하게 자신을 드러내는, 일월의 교차 시간.

매서운 한풍은 더욱 기승을 부릴 것이고 바닥을 적시는 달빛의 농도는 시간이 지날수록 깊어져만 갈 것이다.

춥지만 적어도 서호의 절경과 함께할 수 있다는 것이 위안이라면 위안이다.

이미 무도의 경지가 높아 한서가 불침하는 경지에 오른 진조월이라 해도 굳이 차가운 바람을 맞고 싶은 생각은 추호도 없었다.

찬연한 빛깔로 사라지는 태양에게서 시선을 돌린 진조월은 이내 자신의 앞에 앉아 있는 한 명의 사내를 바라보았다.

서글서글한 눈매와 부드러운 얼굴이 전형적인 학사의 그것이었지만, 그가 진심으로 마음을 먹는다면 천지가 뒤흔들리게 되리라.

진조월은 자신의 기감으로도 상대의 깊은 힘을 모두 파악하지 못한다는 것에 유감을 느끼진 않았으나 최소한의 놀라움은 느꼈다.

마음이 심란하여 일전에는 보지 못했던 은밀하고도 독특한 중년인만의 거력.

숨길 때는 그림자보다도 은밀하면서 세상을 향해 뻗어 나갈 때는 산 하나도 우습게 엎어 버릴 만한 무자비한 기세를 중년인은 품고 있었다.

'강하다. 나와 동수이거나 최대 반수는 위…….'

진조월도 놀랐지만 그를 바라보는 단기중의 놀라움과 비할 바는 아니었다.

진조월처럼 흔들리는 마음을 주체하기 어려워 눈을 뜨지 않았던 지난날과 달리 정신을 집중하고 눈을 크게 떠 제대로 바라보기 시작하자 그는 입을 떡 벌릴 수밖에 없었다.

'무시무시한 놈이군. 이 젊은 나이에 나나 당형님께 필적할 만하다. 임 동생이 암습을 한다면 승률이 구 할 이상이지만 정면 승부를 벌인다면 임 동생의 승률은 삼 할 미만…….'

그는 진조월 몰래 침을 꿀꺽 삼켰다.

물으니 신년을 맞이하여 이립(而立)이 되었다고 하였다.

이립, 서른의 나이.

청년이라 불리기에는 조금 많은 나이를 먹었고, 슬슬 중년의 영역으로 들어설, 그러나 아직 확실한 중년이라 하기에는 애매한 나이지만, 적어도 단기중에게는 한참이나 어린 애송이였다.

그런 애송이가 품은 힘이 실로 경악할 만했다.

세상은 모르고 있는 칠왕의 힘은 무적의 칭호를 받을 정도는 아니지만, 능히 천하를 논할 파괴적인 무력을 가진 이들.

수를 헤아리기 어려운 대륙의 무인들 중 순위를 논할 정도의 무력을 소지했다는 뜻은, 이미 무학의 경지가 절대적인 영역으로 넘어가고 있다는 뜻이기도 하다.

흔히들 이야기하는 절대고수들이 이들이라 할 수 있을 터.

한데 아무리 선대 오왕의 힘과, 광야종을 이었다고는 하나, 서른의 나이에 그와 같은 경지라니, 이건 거의 언어도단(言語道斷)이 아닐지 싶다.

단순한 힘의 전이로는 이렇게 강해질 수가 없다.

본래 진조월이 깨우쳤던 무학의 경지가 높지 않았다면 지금처럼 내외의 단련이 최고조에 달할 수는 없으리라. 즉, 굳이 그가 오왕의 힘을 받지 않았다 하더라도 이미 그 나이대에서는 최강이라 불리어 마땅할 무인이었다는 소리다.

'어쩌다가 저 나이에 괴물이 다 되었을꼬.'

궁금한 건 많았지만 당장 그걸 캐물을 만한 친분은 없었다.

단기중은 한숨을 쉬며 품에서 술병 하나와 잔 두 개를 꺼내 들었다.

"술 한잔하지."

진조월은 힐끗 단기중과 술병을 바라보다가 이내 병을 들어 그의 잔에 술을 채웠다.

역시나 예의가 바른 모습이었다.

단기중은 미묘하게 웃었다.

"너 참 특이한 놈인 거 아냐?"

"모르오. 관심도 없소."

아무리 좋게 봐 주려고 해도 선배에게 할 만한 말투는 아니었기에 단기중의 이마에 슬며시 핏줄이 섰지만, 그래도 그는 참았다.

싸우려 온 자리가 아니다. 아무리 화가 나도 함께 싸워야 할 동지가 아니던가. 서로 도와가며 일을 벌여도 시원찮을 판에 반목하면서 지낼 수는 없었다.

단기중은 진조월을 받아들이기로 마음먹었다.

가식이 아닌, 진심으로 받아들이고자 했다.

물론 손속이 지나치게 잔인하고, 피를 보는 것에 두려움을 느끼지 않으며, 성정까지 오만하기 짝이 없어, 도무지 좋게 볼 수가 없다.

솔직함으로도 볼 수 있는 성격이지만 거기에 예의가 깃들지 않았다면 결국 상대를 불쾌하게 하는 성격이기도 하니, 선후배 간의 예의를 중시하는 단기중에게 진조월은 회초리를 들고 싶은 후배라고 할 수 있었다.

그러나 세월을 살아가며 얻어 간 안목이 단기중이라고 없을 리 없었다. 무도로 인간의 경지를 초월한 그의 안목은 천하에서도 따라올 자가 몇 없다.

그는 진조월의 눈을 보며 확신에 가까운 판단을 내렸다.

'태풍이 불어도 굽히지 않을 성격이다. 당장 눈앞에서 목이 달아나도 눈 하나 깜빡하지 않을 인간이야. 그럼에도 신중하다. 나아갈 때와 멈출 때를 정확하게 알고 있어. 수라장을 겪으면서 많은 걸 배운 모양이군.'

예의만 조금 있었으면 정말 멋지고 사랑스러운 후배로 대해 줄 수 있었을 텐데.

그는 입맛을 다셨다.

'이것도 운명이겠지. 오왕 형님의 안목을 믿자.'

단기중은 한숨을 쉬며 단박에 술잔을 비워 냈다.

진조월 역시, 지긋이 그를 바라보다가 깔끔하게 술을 마셨다.

"크허. 사천 여지록(荔枝綠)도 명주라 하나 많이 마셔 질린 참이었는데 여기서 절강 여아홍을 맛보게 되는구먼. 과연, 부드러운 맛이 일품이로세."

패왕이라는 별호가 붙은 그는 비록 유순한 학자처럼 호리호리한 외관의 사내였지만, 왕들 사이에서도 주당이라며 핀잔까지 받는 이였다. 당무환은 한때 그를 보며 패왕을 접어 두고, 주왕(酒王)이라고 별호를 고치라 진지하게 권했던 적이 있었다.

진조월은 여전히 미동도 없는 얼굴로 술을 홀짝

였다.

"내가 예까지 직접 찾아와서 술 한 잔 하자고 한 이유를 아나?"

"모르오."

"뭐, 네 성격을 보아하니 돌려서 말하는 건 의미도 없을 것이고……. 나도 그렇게 피곤한 대담(對談)으로 심기 상하는 거 원치 않는다. 솔직히 말하지."

단기중의 눈동자가 진지해졌다.

그저 눈빛이 바뀌는 것으로도 자리가 무거워진다.

"일견하니 너도 네 주관과 확실한 잣대를 세운 장부일 터. 그 선을 무너뜨리란 소리는 하지 않겠으나 적어도 부드러워질 수 있을 가능성은 열어두어라. 너의 인생이 피곤해진다거나, 괘씸하다는 차원의 문제가 아니다. 최소한 우리와 함께 길을 걸을 때만큼은 합심이 되지 않으면 되레 이도저도 되지 못해 지리멸렬하게 될 것이다."

진조월은 여전히 싸늘하기 짝이 없는 눈으로 단기중을 바라보았다.

어지간한 고수라 할지라도 눈을 피할 만큼 냉기가 그득한 진조월의 눈빛을 마주하고도 단기중의 눈동자는 한 점의 흔들림이 없었다.

진조월만큼이나, 단기중의 심중(心中)이 두껍고 단단하다는 의미이리라.

"너와 우리의 목표는 비슷하면서도 다르다. 너는 철혈성주를 비롯해 철혈성 자체가 무너지는 꼴을 보고 싶어 하는 것이고, 우리는 오로지 철혈성주의 야망을 저지하는 데에 인생을 건 이들이다. 너도 알 것이다. 철혈성주가 바라는 것이 무엇인지."

진조월은 너무나 잘 알고 있었다.

철혈성주가 바라는 것. 철혈성주의 야망.

한때 스승이었던 자가 무엇을 꿈꾸고 있는지 모를 리가 없다.

그것이 옳다 그르다를 떠나서 그의 야망 때문에 모든 것을 잃어버린 그는, 철혈성주의 야망을 저지함은 물론 그를 지옥의 구렁텅이로 박아야 할 의무가 있었다.

위정자가 바라는 것, 힘을 가진 자가 바라는 것.

만국 공통이며 역사를 뒤져도 흔히들 볼 수 있는, 그렇지만 가장 더럽고 위험한 것을 철혈성주는 바라고 있었다.

그는 과거 오왕이 자신을 치료해 주었을 때를 생각했다.


"광야종(狂夜宗)은 사상 유래를 찾아보기 힘든 거친 힘일세. 파괴력의 문제가 아니라 기질의 문제라 할 수 있지. 제대로 다스리지 못하면 결국 스스로 파멸을 맞이하게 될 거야."

"굳이 광야종까지 넘겨줄 필요는 없소. 내가 배우고 익힌 무학 역시 종류가 많아 평생 다 익히기 힘들 정도요."

"허허, 자네는 상당히 특이한 친구로군."

"무슨 소리요?"

"약자가 힘을 원하는 거야 당연하다고 볼 수 있는 것이지. 그러나 가장 격렬하게 힘을 원하는 족속은 따로 있네. 바로…… 강자야."

"강자……."

"힘을 가진 이가 바라는 것이 무엇일까? 절세의 미

녀? 절세 미남자? 그도 아니면 호화찬란한 음식? 그것도 아니라면 천하를 살 수 있는 돈? 아니야. 그것들은 부가적으로 따라오는 것들에 불과하네. 힘을 가진 이들은 그저 더 강한 힘을 원할 뿐이지. 그것이 무력이든 권력이든. 높은 곳에 앉은 자는 더욱 높은 곳을 지향하기 마련일세. 그래서 힘을 마물이라고 부르는 것이야. 한데 자네는 그렇지가 않군."

"나는…… 합리적으로 생각할 뿐이오."

"내 수명이 그리 긴 편은 아니지만, 죽기 전이라도 복은 있는 모양일세. 자네라면 괜찮겠어. 받게. 이대로 사장시키기에는, 아무리 거친 힘이라 하나 너무 아깝네. 부디 잘 다스려 좋은 일에 써 주시게나."


힘은 힘을 부른다. 강렬한 힘에 취한 자는, 비할 데 없는 천공의 힘마저 찬탈하길 원한다. 사람이 다 그런 것이다.

그리고 철혈성주 역시 그 범주에서 벗어나지 못했다.

초월자로 보았던 한때도 있었으나, 역시 철혈성주도 사람이었다.

하지만 철혈성주는 그것을 부끄러워하지 않았다. 오히려 당당했다.

그래서 더 까다롭고 무서운 상대다.

"사람으로 태어나 무인의 길을 선택한 이들이라면, 적어도 자신의 목숨을 언제나 버릴 수 있는 배포 정도는 키워야 함이 옳지. 특히나 이 거친 세상을 살아가는 무림인이라면 당연하다고도 할 수 있다. 하지만 말이야, 아무런 상관도 없는 백성들이 무슨 죄겠어? 철혈성주가 하려는 짓은 죄 없는 백성들의 목숨까지 앗아 갈 수 있는 최악의 짓거리야."

중얼거리듯 말하며 술잔을 든 단기중이었지만, 그의 눈동자는 무섭도록 깊어졌다.

사람으로 태어나 글을 배워 정도(正道)를 알았고, 무(武)를 익혀 협의(俠義)를 알았다.

세상에 나가 책과 생각만으로 판단할 수 없었던 경험을 맞이해 좌절하고, 좌절의 구렁텅이에서 빠져나와 스스로를 공고히 하였다.

칠왕. 왕의 칭호를 받았던 이들은 모두 그런 사람들이었다.

옳지 않은 것을 보았을 때 그것을 저지하기 위해 세상에 나선 무인들이었다.

진조월의 눈이 단기중의 눈으로 향했다.

한없이 무겁고 깊은 눈.

바다처럼 넓고 푸르렀지만 내려갈수록 시커먼 색깔로 물들어 간 눈이었다.

자신의 성정에 맞지 아니함에도 솔직하고 담백하게 말할 수 있는 배포와 스스로의 정의를 세운 자였다. 활극의 주인공처럼 천방지축 뛰어다니는 사람이 아닌 것이다.

단기중은, 진정 무인으로서 그리고 사람으로서 존경 받기 충분한 사람이었다.

진조월은 몇 번 술잔을 만지작거렸다가 입을 열었다.

"나는 철혈성을 없앨 생각은 없소."

단기중의 눈이 끔뻑였다.

예상치 못한 말을 들어서 당황한 모양이다.

"어? 뭐라고?"

"하나 나는 나와 내 사람들을 배신하고 철저하게 이용한 뒤 쓰레기처럼 버린 철혈성주를 없앨 것이오. 또한 나의 가족과 같았던 이들의 목숨을 취하는 데에 일조했던 모든 이들을 찾아 지옥으로 보낼 생각이오. 그뿐이오."

자신의 진심을 보였던 상대에 대해, 자신의 진심도 보이는 것. 굳이 예의라는 포장을 씌우지 않아도 감동으로 다가올 수 있는 바였다.

단기중의 입가에 작은 미소가 어렸지만 곧 눈이 심각하게 굳어졌다.

내용의 살벌함에 놀랐고, 자신들의 예상과 다른 그의 목적에 놀랐다.

"철혈성을 멸망시키는 것이 목적이 아니었나?"

"나도 내 한계를 아는 사람이오. 천하의 고수들이라 한들 몇 명 모였다고 해서 무너질 철혈성이었다면, 이미 예전에 구대문파의 힘으로 억압되어 사라졌을 것이오. 멸망해 버렸으면 좋겠지만, 굳이 거기까진 바라진 않소."

진조월의 눈동자가 차가운 광채를 발했다.

깨달음과 자기 수양으로 마음이 단단한 단기중이었으나 찰나지간 번뜩이는 진조월의 눈빛을 보며 등골이 시린 것을 느낀다.

"나는 제법 셈이 정확한 사람이오. 직접적으로 연루가 된 이들은 당연히 나의 손을 피하지 못할 것이고, 간접적으로라도 내가 정한 기준을 넘을 정도의 도움을 준 자가 있다면 그 또한 찾아내어 모두 도살할 것이오. 내가 받아 낼 빚은 그뿐이오."

*　　　*　　　*

남궁소소는 예상치 못했던 사람의 방문을 맞이하여 깜짝 놀랐다.

그녀의 얼굴은 비록 큰 변동이 없었지만 이미 요대에 달랑거리고 있는 검을 꾹 쥐고 있었다.

보기만 해도 기운이 넘치고 기분이 좋아지는 미모의 소유자였다.

손에는 기다란 직도를 쥐었고, 당당하게 빛나는 눈동자는 참으로 아름답다.

남궁소소가 겨울에 피는 매화와 같은 마력이 있다면 그녀는 여름, 뜨거운 바람에 살랑거리는 숲을 보는 듯했다.

봉황상도라는 별호로 유명한 일대의 여걸 강소
란이 남궁소소를 찾아왔다.

"남궁 소저, 맞죠?"

여인치고 조금 낮은 저음의 목소리였지만, 그
또한 그녀만의 싱그러운 분위기와 맞아 떨어져 실
로 고아한 매력을 발산하고 있었다.

남궁소소는 먼저 인사했다.

"남궁소소가 봉황상도 강 소저를 뵈어요."

호탕하게 찾아온 강소란과 달리 예의 있게 다가
가는 남궁소소였다.

강소란 입장에서는 조금 무안할 만도 하건만 정
작 그녀의 미소는 변하지 않았다. 비록 드넓은 천
하에서 꼽힌 영걸들이지만, 정작 교류는 없었던
그들이었다.

당연히 강소란과 남궁소소도 서로의 명성과 소
문만 들었지 직접 본 것은 처음이었다.

거의 백여 년 만에 남궁가에서 배출한 천재 여
검사 남궁소소.

홀연히 강호에 나타나 무수한 악인들을 베어 넘
긴 일세의 협녀 강소란.

강호 여무사들 중 어쩌면 대외적으로 가장 유명할지도 모르는 두 사람의 만남이었다.

"혹시 밥 먹었어요?"

느닷없는 질문이었다.

남궁소소는 당황했다.

명문가에서 나고 자라 예와 법도에 몸을 담았던 그녀였다. 이처럼 화통하게 다가오는 강소란과 대면해 당황하지 않을 수 없는 것이다.

"밥이요?"

"네, 밥이요."

"먹기는 했는데……."

"아, 그러면 딱 좋네요."

"뭐가 좋다는……?"

"소화도 시킬 겸 우리 한판 멋들어지게 어울려 보죠?"

그야말로 무지막지한 추진력이었다.

남궁소소는 다시 당황했다.

바보가 아니라면 강소란의 말이 무슨 뜻인지 모를 수가 없었고 안타깝게도 남궁소소는 바보가 아니었다.

하지만 그뿐, 알아듣는 것과 상황을 이해하는 데에는 분명 차이가 있었다.

"지금 비무를 하자는······?"

"당연하죠. 무사 둘이 만났는데 술판 벌일 거 아니라면 그것밖에 할 게 더 있나요? 칼부림 한번 하시죠?"

남궁소소는 입을 꾹 다물었다.

그녀는 아연한 눈으로 강소란을 바라보았다.

싱글거리는 얼굴이었지만 분명 진심이었다.

두 눈에서 일어나는 미약한 기세, 그것은 투지라는 이름의 강렬한 파동이다. 태양처럼 빛나는 그녀의 눈동자는 너무나도 순수하고 깨끗해 보였다. 그리고 그만큼 위험해 보이기도 했다.

갑작스러운 사태에 상황 정리가 제대로 안 된 남궁소소였다.

이런 마음가짐으로 무슨 비무를 할 것인가.

그녀는 '죄송하지만 비무는 나중에 해요.' 라는 말을 하려다가 순간 멈칫했다.

일전 시커먼 옷으로 볼품없는 철검을 허리에 매단 고약한 남자가 했던 말이 떠올랐다.

"자유로우면서 강하고, 동시에 바른 검이오. 이대로 만 나아간다면야 오 년 이내로 일정 이상의 경지를 구축 할 터이니 그때 가서는 문제가 되지 않겠지만, 당장 비 슷한 수준의 고수를 만난다면 힘 한번 써 보지 못하고 무너질 게 자명하오. 비무라면 모르되 피 튀기는 전투에 선 써먹기 힘들 거요. 실전의 부재가 치명적이군."

차가웠던 남궁소소의 눈동자에 언뜻 불꽃이 붙 었다.

강소란은 본능적으로 남궁소소가 결투를 원한다 는 걸 깨달았다.

그녀의 웃음이 더욱 화사해진다.

남궁소소는 잠깐 입을 다물다가 다시 열었다.

"좋아요. 대신에 부탁이 있어요."

"부탁이라니요?"

"형식적인 비무는 재미가 없으니 실전처럼 겨루 어 보는 게 어때요? 말 그대로 피 튀기는 싸움처 럼, 서로의 역량을 모두 부딪쳐 보죠."

투사인 강소란에게 있어서 남궁소소의 발언은

참으로 매혹적인 것이었다.

말직 벼슬이라도 얻을까, 싶어서 왔는데 국정대신(國政大臣)의 자리를 준 격이었다.

강소란을 더 흥분시키는 것은 남궁소소가 풍기는 기세였다.

가만히 있어도 온몸에서 발산하는 첨예한 검기가 놀라우리만치 날카롭다. 그야말로 서슬 퍼런 보검 한 자루를 보는 것처럼, 남궁소소의 기세는 빼어난 데가 있었다.

'과연 남궁가 최고의 기재 중 한 명이라더니.'

어깨에 손만 올려도 팔목이 달아나 버릴 것 같다. 명문의 정통 검술을 높은 경지까지 익혔다는 뜻이리라.

그녀는 가지런하고 새하얀 이빨이 다 보이도록 웃었다.

"마음에 드는 걸요? 후원에 넓은 공터가 있더라고요. 사람 왕래도 적은 것 같은데 거기서 한판 하시죠?"

"좋아요."

남궁소소는 검을 꾹 쥐었다.

모종의 결심이 그녀의 눈에 떠오르고 있었다.

그리고 정확히 일각 후.

그녀는 턱 끝까지 차오르는 숨을 다스리지 못했다. 자신이 검을 든 것인지 맨손으로 휘두르는 것인지조차 인지할 수 없었다. 그녀의 눈동자에는 한 점의 여유도 찾아볼 수 없었다.

폭풍이 그녀를 덮치고 있었다.

무척이나 공격적인 강소란의 도세(刀勢)는 남궁소소가 감당할 수 없을 정도로 살벌했다. 아무리 검초를 펼쳐 대항해도 바람에 휘날리는 나뭇잎처럼 소리 없이 사라지고야 만다.

일격, 일격이 매서워 감히 맞상대하고 싶은 생각을 잊게 만든다.

강소란의 칼은 이렇다, 할 특징이 없었다.

적당히 빨랐고 적당히 강했으며 적당히 날카로웠다. 딱히 어떤 부분에서 특별하다고 할 수 있는 바가 없다. 도법 자체의 수준이 높았지만, 그렇다고 특기할 만한 점을 찾을 수도 없었다.

기술적으로는 그러했다.

하지만 강소란의 칼은 남궁소소의 모든 것을 깨

부수는 웅장함으로 다가왔다. 수백 년 동안 내려오며 개선되고 강해진 남궁가의 검학이 도통 통하질 않는다.

무엇 때문인가?

'기백이다.'

기백에서부터 남궁소소는 밀리고 있었다.

더군다나 강소란의 칼은, 쉽게 말해 너 죽고 나 죽자 식이었다.

거의 막무가내에 가까울 정도로 거칠고 파격적인 그녀의 칼날에 자비라고는 찾아볼 수 없었다.

빤히 가슴을 찌르고 있는데, 피하거나 막을 생각이 없이 함께 가슴을 찔러 댄다. 누구 한 명이 칼을 거두지 않는다면 결국 둘 다 죽을 수밖에 없는 무식하기 짝이 없는 공격이었다.

그 치명적인 상황에서 항상 물러서는 사람은 남궁소소였다.

십여 초가 지나자 그녀의 몸에선 땀이 나기 시작했고, 오십 초가 넘어가면서 그녀는 호흡조차 고르게 다잡을 수 없었다.

살기는 없었지만 자칫 잘못하면 치명적인 자상

을 입을 수 있는 대결이었다.

조금 더 심하면 목숨을 잃을 수도 있는, 말 그대로 생사의 대결이었다. 격식이 있는 비무가 아닌, 실전을 방불케 하는 대결.

남궁소소는 자신이 진정 우물 안에 개구리임을 깨달았다.

살기가 없는 공방임에도 이토록 힘에 겹다.

하물며 원한으로 이루어진 대결에서는, 갑작스레 이루어져 살기가 난무하는 대결에서는 얼마나 소름끼치는 공포가 몸을 둘러싸게 될까.

문득 까마귀를 데리고 다니는 묘한 남자, 진조월에 대해 설명했던 당무환의 이야기가 떠오른다.

"지독함을 넘어서서 추악함의 영역에 다다른 살기다. 그러한 살기를 몸에 새기기 위해서 얼마나 많은 생령을 그 손으로 끊었겠느냐?"

진정으로 생명을 끊는 대결.

그것도 압도적인 도살을 했던 게 아니라 서로의 생명을 걸고 먼저 심장을 취하는 자가 이기는 무자비한 도박에서 승리한 사람이 진조월이었다.

더군다나 한판의 도박도 아니었다.

얼마나 많은 전투에서 살아남았을까. 얼마나 많은 피를 보며 얼마나 많은 이의 목을 베어 냈을까.

그런 급박하고 위험한 순간에서도 살아남았다는 건, 그의 생존력과 투쟁력이 엄청나게 강렬했다는 걸 단적으로 말해 준다.

이제야, 실전을 치러 진정한 고수라 불리게 되는 자들이 실로 대단한 자들이라는 것을 남궁소소는 깨달았다.

마음으로 깨닫고, 몸으로 깨우친다.

하지만 지금 당장 그것을 깨달아 봐야 결투에서의 도움이 되진 않는다. 그녀는 경험이 부족했고, 반면 강소란은 무수한 실전에서 지금까지 살아남은 고수 중에 고수였다.

실제 남궁소소보다 강소란의 무위가 한 수 위이기도 했으니 애초에 그녀가 이길 수 없는 결투였다.

많은 깨달음을 얻는 남궁소소에 비해 강소란은

다소 간의 실망을 금치 못했다.

'경험이 없는 검사였구나.'

검법 자체의 강렬함은 놀라울 정도였다.

명문의 검이 이래서 무서운 것이다. 체계적으로 정립이 되어 다듬어지고 다듬어져 높은 수준으로 개화가 된다.

대를 이어 강해진 검법과 대를 이어 충성을 맹세한 무사들. 명문의 저력이 대단한 이유는 역사가 있기 때문이다.

하지만 제아무리 보검이라도 휘두르지 못하면 소용이 없는 법.

강소란이 보기에 남궁소소는 훌륭한 검을 쥐기는 했어도 아직까지 휘둘러 본 적이 없는 애송이일 뿐이었다.

수신(修身)의 일부분으로 무도를 택한 자들에게서나 볼 법한, 엉성하기 짝이 없는 몸놀림. 바람처럼 자유롭게 움직이는 강소란에 비해 남궁소소의 움직임은 어딘지 딱딱하고 형식적이라는 느낌이 강했다.

어떻게든 버티고 있었지만, 결국 조만간 파탄이

날 것이다.

강소란은 속으로 한숨을 쉬었다.

'빨리 끝내야겠어.'

마음이 이는 순간 강소란의 도법은 한층 맹렬해졌다.

무자비한 공세로 남궁소소의 혼을 빼놓았던 그녀의 칼은 이제 위력까지 한층 막강해졌다.

지금까진 같은 수준에서 즐기기 위해 이 할의 힘을 뺀 그녀였지만, 이번 비무에서 자신이 배울 것은 없다는 걸 깨닫자 도첨(刀尖)에서 일어나는 기세부터가 달라졌다.

더 빠르고 더 강하고 더 공격적이다.

남궁소소는 일순간 강해진 상대의 도세에 당황했다.

검과 도가 부딪치며 시퍼런 불똥을 튀겼다. 남궁가 십대보검 중 하나로 강인함이 남다른 남궁소소의 검이 부러질 듯 휘어지길 반복했다.

강소란의 도가 섬전처럼 남궁소소의 목을 노렸다.

이 일격으로 승부를 가르고자 한 것이다.

그러나 여유로운 마음으로 살짝 미소 지었던 강소란의 얼굴이 굳어졌다. 그녀의 아름다운 봉목(鳳目)이 접시만 해졌다.

무시무시한 경력을 품은 예기가 심장으로 날아온 것이다.

본능적으로 뻗어 나온 남궁소소의 검이었다.

목이 잘릴 위기—물론 결정적인 순간 칼은 멈추겠지만—에 처하자 수천, 수만 번 반복했던 검이 제 스스로 상대의 빈틈을 찾아 찔러진 것이다.

실전의 경험은 무인에게 최고의 보물. 그러나 그 실전에서 살아남기 위해서는 피땀 흘리는 단련이 필수.

잠까지 줄여 가며 달려왔던 검사로서의 세월. 그 연습과 본능은 위급 상황에서 남궁소소를 실망시키지 않았다.

강소란은 빠르게 몸을 옆으로 돌리면서 칼을 회수하였다.

여유로 물들었던 마음이 경각심으로 대체된다.

그녀의 강렬한 시선이 남궁소소의 얼굴을 훑었다.

땀으로 젖은 얼굴. 격렬한 호흡.

하지만 한순간 위기에서 벗어났다는 희열이 그득하다.

강소란은 묘한 미소를 지었다.

'천재란 말이지?'

수그러들었던 호승심이 재차 불길처럼 번지기 시작한다.

남궁소소는 천재였다.

단순히 무골이 좋은 게 전부가 아니었다.

노력하는 천재, 하나의 동작에서 극의를 찾기 위해 몸이 고장날 지경까지 검을 휘둘렀던 노력형 천재였던 것이다.

노력하는 천재만큼 무서운 사람이 없다.

강소란의 섬섬옥수(纖纖玉手)가 칼을 힘차게 쥐었다.

실상 실전을 치른 자와 아닌 자의 차이가 있을 뿐이지 단순한 무학의 경지만을 따진다면 강소란이나 남궁소소나 큰 차이가 없었다. 물론 그 실전의 차이라는 것이 무사에게 얼마나 소중한 것인지 강소란은 알고 있었지만 그렇다고 남궁소소가 일군 경지에 대한 감탄이 없는 건 아니었다.

강소란에게 남궁소소는 참으로 흥미로운 검사였다.

'조금 더 몰아붙여 볼까.'

강소란의 몸이 그녀의 별호처럼, 실로 봉황과 같이 날아들었다.

유려한 신법이었고 유려한 만큼이나 빠른 신법이었다.

그녀의 칼이 호선을 그리며 남궁소소의 머리로 떨어졌다. 하늘을 날던 매가 먹잇감을 낚아채는 것과 같은 동작이었다.

하나의 동작을 실전에서 써먹기 위해서는 부단한 단련이 필수, 이처럼 자연스럽고 재빠른 맹공을 펼칠 수 있다 함은 강소란의 노력 역시 남궁소소에 비해 떨어지지 않는다는 것을 단적으로 보여준다.

남송(南宋) 시절, 금나라와의 전쟁에서 탄생된 칼질이 시대를 거쳐 지극히 실전적이고 변칙적으로 개량되어 이제는 명문가의 무학에도 뒤지지 않도록 발전된 일인비전(一人秘傳)의 군용도법(軍

用刀法)으로 화한다.

오로지 군왕에 대한 충성과 적도들의 섬멸만을 위해 만들어진 최악의 살상무학인지라 대장군(大將軍) 정도의 직위가 아니라면 채 일 할의 전수조차 되지 못했던 저승의 춤사위가 여기에 있었다.

백팔단혼도법(百八斷魂刀法)이 마침내 강소란의 손에서 펼쳐졌다.

남궁소소의 얼굴이 창백해졌다.

일견해도 이전과는 차원을 달리하는 도격(刀擊)이었다. 이전에 없었던 살기가 강소란의 도첨(刀尖)에서 흉흉하게 빛을 발한다.

그녀의 검이 발작적으로 움직였다.

쩌어어엉!

경력과 경력의 폭발이었다.

남궁소소는 무려 십여 걸음을 물러나서야 도격의 충격에서 자유로워질 수 있었다. 하지만 이미 강소란의 쾌속한 신법은 그녀와의 거리를 급속도로 좁히고 있었다.

검과 도가 무참하게 부딪친다. 시퍼런 불똥이

사방으로 튀어 나갔다.

반쪽짜리 실전에서 살기가 깃들자 진짜배기 결투로 싸움의 성격 자체가 바뀌었다.

호흡조차 고를 시간이 없어 남궁소소의 얼굴은 붉게 달아올랐다.

'빠르다!'

빠르기도 빠르기였지만, 강소란의 맹공은 틈과 틈을 찌를 줄 알았다.

맥을 끊어 내고, 방어와 회피를 근본부터 무너뜨린다.

그 속을 파고드는 칼과 정신을 산란케 하는 살기는 도무지 냉정하게 스스로를 세울 수 없도록 남궁소소를 몰아쳤다.

하지만 그녀가 놀란 것만큼이나 강소란 역시 놀랐다.

혹시나 몰라 본신의 절기를 꺼내 들었는데 남궁소소는 비록 어색하나마 그에 맞추어 막아 갔고 심지어 묘한 반격까지 감행했다. 마음먹고 풀어내는 검초가 아니라 본능적으로 움직이는 검이었다.

단련만으로 나올 수 없는, 이미 어느 경지를 넘어선 반사신경의 합작이었다.

첫 실전이라고는 믿을 수 없는 움직임이다.

'놀라운데.'

왠지 모를 호승심이 그녀의 몸을 후끈 달아오르게 한다.

하지만 그뿐, 결국 실전의 부재는 남궁소소의 무학을 패망으로 이끌었다.

결국 이십여 초가 지나자 남궁소소의 움직임이 멈추었다.

어느새 그녀의 목 아래에는 강소란의 날카로운 직도가 닿아 있었다.

시기적절하게 경력을 풀지 않았다면 남궁소소의 경동맥은 모조리 파괴되었을 것이고, 목뼈와 신경까지 끊어져 죽음을 면치 못했으리라.

강소란이 칼을 거두었다.

"놀랍군요. 배움이 엄청나게 빨라요."

남궁소소는 말을 하지 못했다.

갑자기 폐로 밀려드는 공기 때문이기도 하지만 설령 호흡이 골랐다 하더라도 그녀는 당장 말을 하지 못했을 것이다.

참담한 심정을 금할 수 없다.

'졌다.'

진짜 실전이었다면, 강소란에게 진심으로 상대를 죽여야겠다는 살의가 있었다면, 그녀는 이미 싸늘한 시체가 되었을 것이다.

남궁소소는 입술을 깨물었다.

변명의 여지조차 없는 패배. 울컥 하는 감정이 올라왔지만 그녀는 끝끝내 참았다.

남궁소소가 약간의 시간이 지난 이후 고개를 숙였다.

"덕분에 많은 걸 배웠습니다. 가르침에 감사합니다."

강소란이 묘한 표정으로 그녀를 보았다.

남궁소소의 감정은 진하고도 진해 강소란에게도 힘차게 다가왔다.

보지 않아도 알 수 있는 것이 있다. 남궁소소의 심정, 누구보다도 분할 것이다.

강소란 역시 지금까지 실전에서 패배하지 않았을지언정 아쉬움이 남는 결투가 많았고, 실전이

아닌 비무에서는 꽤나 많이 패배의 쓴잔을 맛보았
었다.

패배의 미학이란 말하기 좋아하는 호사가들의
변명일 뿐, 결코 아름답지 못하다는 게 강소란의
생각이었다.

누구에게나 그럴 것이다.

더군다나 가문의 기대를 받고 자라난 천재에게
다가온 패배는, 거의 좌절에 가까운 고약한 감정
으로 다가올 것이다.

그럼에도 남궁소소는 가르침에 감사하다는 인사
를 하고 있었다.

빈말이 아니다. 진심마저 엿보이는 말투였다.

패배를 했지만, 이번 패배로 인해 많은 것을 배
울 수 있어서 좋았다는 남궁소소의 마음은 강소란
에게도 달빛처럼 잔잔히 스며들었다.

강소란은 기분이 좋아졌다. 이번 비무로 인해
자신이 배운 건 없었지만 이런 사람과 결투를 할
수 있었다는 사실 자체가 기꺼웠다.

"나이가 어떻게 되죠?"

남궁소소는 당황했다.

"네? 저요? 올해 스물하나가 됩니다."

"나는 스물다섯인데."

강소란의 건강한 미소는 보는 이를 편안케 하는 힘이 있었다.

남궁소소는 약간 어정쩡한 표정으로 그녀를 바라보다가 이내 살짝 웃었다.

"실례가 되지 않는다면, 언니라고 부를게요."

"역시 시원시원해서 좋아. 동생이 하나 생겼는데 이대로 헤어지긴 섭섭하지. 술이라도 한잔 할까?"

남궁소소의 고개도 부드럽게 위아래로 움직였다.

그렇게 두 명의 재녀들은, 서로 살벌한 결투를 끝마친 뒤에도 아리따운 술자리를 가질 수 있었다.

싸워서 친해지는 것이 사내들만의 전유물은 아니라는 걸 두 여인은 확실하게 보여 줬다.

칼과 칼이 부딪치고 남는 것이 마냥 원한과 허탈함이 전부가 아닌, 무사들의 싸움은 이처럼 호쾌함으로도 남을 수 있는 것이다.

얇게 떠도는 초승달의 광채가 두 여인의 훈훈한 분위기를 축하해 주었다.

2.
추왕이청(追王二靑)(2)

단기중은 울렁이는 속을 당장에라도 게워 내고 싶었다.

워낙 딱딱한 놈과의 술자리다 보니 분위기라도 띄워 보려 별 지랄을 다했지만, 진조월의 얼굴은 조금의 미동도 없었다.

잔을 부딪치면 그저 마시고, 아닐 때는 묵직함으로 스스로를 세웠다.

선배에 대한 예의를 떠나 이런 사람과의 술자리가 그리 나쁘지만은 않다.

진중한 사람은 상대에게 믿음을 주는 법. 단기

중 역시 하나, 둘만 뺀다면 진조월을 그리 나쁘게 보는 편은 아니었다.

문제는 미묘하게 스며드는 답답함이었다.

그 답답함을 이기기 위해 단기중은 거의 물을 마시는 것처럼 술병을 비워 냈고, 이내 자신이 가져왔던 모든 술병의 칠 할을 뱃속에다가 쑤셔 넣어야 했다.

결과는 위장의 초토화로 다가왔다.

아무리 주당이라지만 원체 급하게 마시다 보니 감당이 되질 않았다.

물론 단기중 정도의 무학을 가진 이라면 내공으로 주독을 몰아내 순식간에 멀쩡해질 수 있겠지만 그는 그러지 않았다.

주독을 몰아낸다면 애초에 술을 마신 이유가 없는 것이다.

단기중은 술을 향한 자신만의 주도와 예의를 버릴 생각이 없었다. 덕분에 그는 몸이 축나는 걸 시시각각 느껴야 했지만.

진조월은 달랐다.

그 역시 단기중만큼은 아니었지만 분위기에 젖

어 지나치게 많은 술을 마셨고, 다음 날 제정신이
아닐 바에야 미련하게 참고 싶은 생각이 없었다.

그는 추호의 망설임도 없이 내공으로 주독을 몰
아내 깔끔한 안색을 되찾았다.

단기중은 그런 진조월을 보며 투덜거렸다.

"선배에 대한 예의도 없는 놈이, 술에 대한 예
의도 없구먼."

진조월은 무응답으로 일축했다.

당무환은 식당으로 들어오며 단기중의 상태가
썩 유쾌하지 않음을 보고 혀를 찼다.

"아침에 안 나와서 뭐하나 싶었더니 점심때나
되어서 이리 기어 나오나? 저 단가 놈은 어째 칠
년이 지나도 버릇을 못 고쳐요. 이 사람아, 자네
도 나이를 생각하게. 백날 그렇게 마시다가 말년
에 고생해."

"걱정하지 마십시오, 당 선배. 내 아직 죽지 않
았습니다. 적어도 앞으로 백 년은 더 살 거요."

"그래. 백 년을 골골대면서 살아가겠지."

냉정하게 단기중의 무모함을 비웃어 준 당무환
은 진조월의 맞은편에 앉았다.

어느새 그들 앞으로 따끈한 국물과 맛있는 요리들이 줄을 지어 나왔다.

객들을 맞이하는 식당은 제법 많은 편이었다.

서호신가는 그 명성에 비해 화려한 맛이 없지만, 그렇다고 넓지 않다는 것은 아니었다.

몇 개의 커다란 전각을 통째로 식당으로 쓴 신가의 배포는 과연 절강에서 손꼽히는 무문다웠다.

어느새 그들이 앉은 자리로 다섯의 왕들이 모두 모여들었다.

그들은 별다른 대화도 없이, 하지만 어색하지 않은 분위기를 풍기며 각자 식사에 매진했다.

임가연은 투명한 눈을 빛냈다.

속이 아파 골골대는 단기중과 여전히 냉혹한 인상으로 국물을 마시는 진조월 사이에 뭔가 변화된 분위기를 느낀 것이다. 비록 외양만큼은 큰 변화가 없었지만 아무래도 조금 더 가까워진 것 같았다.

그녀는 약간 당혹스러웠다.

누구보다도 단기중의 성격을 잘 아는 사람이 그녀였다.

그녀뿐이 아니라 같이 전란의 위기를 헤쳐 나간 나머지 왕들 모두가 서로에 대해 너무나도 잘 알았다.

단기중은 그나마 가장 파악하기 쉬운 성격이라 할 수 있겠다.

그는 불의를 보면 참지 못했고 담백한 인간 관계를 즐겼으며, 실제로 그 자신 역시 솔직한 성격으로 무언가를 숨기지 못했다.

동시에 그만큼 확실한 기준을 세워, 자신의 기준에서 벗어나면 말 한 마디 제대로 하지 않는 냉정한 모습도 보였다.

적어도 진조월은 단기중의 마음에서 마냥 받아들이기에 쉽지 않은 인물이었다.

묵묵하고 진중하며 솔직한 것이 어찌 보면 가장 단기중에 가까웠지만, 예의를 모르고 방자하며 잔인함으로 똘똘 뭉친 그의 또 다른 모습은 단기중은 물론 다른 왕들에게도 무척이나 거센 거부감을 건네준다.

임가연은 단기중과 진조월을 번갈아 바라보며 속으로 한숨을 쉬었다.

'단 선배도 많이 바뀌었구나.'

사람은 세월의 물결에 몸을 싣고 나이를 먹어감에 따라 변해 가기 마련이다.

단기중 역시 다르지 않았다.

이전보다 다소 유연해진 그만의 성격은 줏대가 없어진 게 아니라 포용력이 넓어졌다는 걸 은연중에 보여 주었다.

진조월의 성격을 보니 먼저 술을 마시자 권하진 않았을 터.

버릇없는 후배에게 술잔을 건넬 정도로 단기중은 달라졌다. 칠 년간의 또 다른 삶이 그를 바꾸었을 터다.

'나는 어떠한가.'

마음의 짐을 훌훌 털어 내 어느 때보다도 안온한 느낌이었다. 그러나 그뿐, 더 이상 전진을 하지 못한 듯하다.

그녀의 얼굴이 백성곡과 당무환을 훑었다.

바람처럼 스며들어 화산처럼 폭발하는 백성곡 특유의 무학은 그의 격렬함이 칠왕들 중 능히 최고라 칭해질 만했다. 그만큼 압도적인 격렬함은 오왕의 광야종 못지않음에, 그의 성격 역시 강건하게 만들어 주었다.

백성곡 역시 나이가 많지만 칠 년이라는 세월 동안 많이 다듬어진 듯했다.

당무환이라고 다를 텐가? 쇠를 두드리며 얼마나 큰 깨달음을 얻었는지 가늠조차 되질 않았다. 그 모습이, 마치 도(道)를 얻은 도사의 눈처럼 깊고 깊었다.

자신은 어떠한가?

'여유가 없었나 보다.'

뭔가 동 떨어지는 듯한 느낌, 한순간에 드는 소외감이었다.

물론 그런 미묘한 감정으로 임가연은 좌절하거나 안타까워하진 않았다.

그녀 역시 단호하게 스스로를 세운 무인 중의 무인이었고, 살수들의 제왕이라고까지 불린 강자였다.

그녀는 시간의 흐름에 따라 변화할 자신의 운명을 굳이 억지로 비틀려 하지 않았다.

주독을 날려 버렸지만, 그래도 위장을 달래기

위해 국물만 집중적으로 공격하던 진조월의 눈이 빛난 것은 그로부터 채 일각이 지나지 않은 시간이 흐른 후였다.

그를 필두로 나머지 네 명의 왕들도 눈을 빛냈다.

단기중은 골골댔던 모습을 어느새 날려 버린 채 은은한 패기를 냈다.

"참으로 오랜만에 느껴 보는 기세로군."

미소를 짓는 단기중, 하지만 위압감이 넘치는 웃음이었다.

결코 호의적이지 않은 웃음.

백성곡은 변화 없는 얼굴로 젓가락을 들어 채소 볶음을 짚으며 말했다.

"여물지 못한 듯하다. 봐 줄 만하지만 아직 거칠어. 무력은 높겠으나 어설프다는 느낌이 강하구나. 젊은 고수들일 텐데, 나이에 비해 놀라운 성취이긴 하다만 어디 가서 제대로 써먹긴 힘들겠군."

그토록 멀리 떨어진 곳에서 온갖 사람들을 헤집은 채 정확하게 짚어 내는 그들의 능력은 가히 왕이라 칭해질 만한 무력임을 대변해 준다.

특히나 천리안(千里眼)을 가진 사람처럼, 그들의 특성과 기질까지 대번에 파악해 버리는 백성곡의 힘은 과연 칠왕수좌라 일컬어질 만했다.

진조월이 천천히 자리에서 일어났다. 네 왕들의 시선이 그에게 돌아갔다.

당무환이 물었다.

"자네가 아는 이들이었나?"

"내 사매와 사제였던 이들이오."

"어찌하려고?"

"모르겠소. 일단 만나 보려 하오."

임가연은 여전히 딱딱하고 무례하지만 그래도 이전보다 부드러워진 듯한 진조월의 말투에서, 그가 제법 심적으로 다가왔다는 느낌을 받았다.

네 명의 왕들에 시선에 아랑곳하지 않고 진조월은 차갑게 몸을 돌렸다.

그의 눈동자는 차가웠지만 어딘지 묘한 흔들림을 보이고 있었다.


\*           \*           \*

수려한 외모에 청색으로 물든 단정한 복장.

등에는 삼척장검(三尺長劍)을 달았는데 은은한 금광(金光)과 청광(靑光)이 절묘하게 배합이 되어 보는 이의 눈을 돌아가게 만드는 광휘가 있었다.

대대로 내려오는 남궁가 십대보검(十大寶劍) 중 하나이자 소가주만이 착용할 수 있는 상징적인 검, 신뢰보검(迅雷寶劍)을 찬 남궁호(南宮虎)의 모습은 그야말로 헌헌장부가 따로 없었다.

영웅건(英雄巾)으로 머리를 올리지 않은 채 그저 곱게 뒤로 넘긴 머리는 윤기가 흐르고, 길고 짙은 눈썹과 크지도, 작지도 않은 눈에서 풍기는 미묘한 위엄이 참으로 인상적이다.

남궁소소와 함께 남궁이수(南宮二秀) 중 한 명으로 꼽히는 남궁호의 모습은 가히 만인에게 찬탄을 받을 만한 고결함과 위기(威氣)가 충만하였다.

남궁소소는 자신의 오라버니를 보며 그에게 상당히 많은 발전이 있음을 깨달았다.

단순히 무학의 성취를 떠나서, 온몸에서 발하는

예리한 검기는 어지간한 고수가 아니라면 느끼지도 못할 만큼 은밀해졌고, 맑은 정광이 돋보이는 눈동자는 차분하게 가라앉았다.

자신도 수련에 수련을 거듭하여 제법 강해졌다고 자부했지만, 역시 아직은 오라버니에게 당하기 힘들었던 것일까.

이 정도 무위라면 남북십걸 중에서도 능히 수위를 다툴 만하다고 그녀는 생각했다.

남궁호는 차를 한 잔 마시다가 피식 웃었다.

"폐관에 들기 전만 해도 아직 어리고 풋풋한 기가 남아 있었거늘, 너도 이제 여인이 다 되었구나."

"오라버니가 절 놀리시는군요?"

"미안하다만 난 원체 불같은 성미라서 농담할 만한 진득함은 갖추고 있질 않다."

남궁소소도 간만에 편히 웃을 수 있었다.

당무환, 그에게는 숙부가 되는 사람이 있었지만 아무래도 혈육과의 만남은 또 다른 반가움으로 다가올 수밖에 없었다.

비록 무위가 증진하여 이전보다 깊은 눈매가 되

었으나, 성격은 여전한 오라비를 보며 남궁소소는
마음이 한결 가벼워지는 것을 느꼈다.

　문득 남궁호가 감탄했다.

　"너의 무예가 놀랍도록 증진했구나. 내가 그래
도 몇 년 더 살았다고 기를 쓰고 열심히 노력했거
늘, 너는 그동안 천년설삼(千年雪蔘)이라도 섭취
한 것이냐? 온몸에서 발하는 예기가 실로 놀라움
을 금치 못하겠다."

　"오라버니만 하겠어요? 이미 무도가 경지에 오
르신 듯합니다."

　말을 하면서도 남궁소소는 약간 착잡했다.

　최근 실전의 부재가 얼마나 치명적인 것인지를
깨닫게 된 그녀가 아니던가.

　단순히 무공의 경지를 떠나서, 그녀는 스스로가
우물 안에 개구리였음을 철저하게 인식했다.

　남궁호는 이미 폐관에 들기 전 몇 번의 실전 경
험이 있었다.

　인근에 떠도는 흉악한 산적의 무리들을 제압하
기 위해 홀로 출가하여 무려 오십에 이르는 산적
들을 토벌했던 전적이 있었다.

아무리 한낱 산적이라지만, 거친 생활로 단련이
된 산적들과의 일전에 결코 쉽지만은 않았을 터.

그와 같은 경험을 거친 남궁호의 검은 남궁소소
의 검과 비교할 때 단순히 무위 이상의 뭔가가 깃
들었을 것이다.

물론 실전이라는 것이, 단순히 횟수로만 익숙해
질 만한 건 아니었다.

게다가 그것은 폐관에 들기 전이니 남궁호 역시
당장 실전에서의 피 튀기는 감각을 이전처럼 명료
하게 살리지는 못할 것이다. 그러나 분명 차이는
있으리라.

남궁호는 가만히 남궁소소를 바라보다가 웃었
다.

"뭔가 고민이 있는 게로구나."

"네? 아, 그냥……."

"기색을 보아하니 남녀 간의 정리 문제는 아닌
듯하고, 혹 무공에 대한 고민이냐? 그런 것이 있
다면 말해 보아라. 얼마나 도움이 될지는 모르겠
다만, 그래도 안 듣는 것보다는 낫지 않겠느냐?"

상당히 날카로운 눈이었다.

남궁소소는 자신도 모르게 입을 열려다가 이내 닫았다.

그녀는 속으로 고개를 저었다.

'아니다. 이것은 내가 스스로 풀어야 할 문제.'

물론 말을 한다, 안 한다 하여서 문제가 될 건 없다.

하지만 남궁소소는 자신의 고민으로 남겨 두기로 마음을 먹었다.

왜 그러는지 모르겠지만, 적어도 오라버니인 남궁호에게만큼은 알려선 안 될 것 같은 느낌이었다.

호승심이나 자존심 따위가 아니었다.

스스로 모든 난관을 헤쳐 온 남궁호처럼, 자신 역시 스스로 깨우치고 스스로 타파하고자 하는 의지라 할 수 있겠다.

남궁호 역시 아무런 말도 하지 않는 남궁소소를 보며 그녀의 의지를 읽어 냈다.

'많이 컸구나.'

내심 흐뭇하기 짝이 없다.

무인이 무공을 품고 무도에 몸을 실어 천하에서

인정받는 고수가 되었다고 한들 그 사람의 인격이나 성숙함이 올라가는 것은 아니다.

적어도 지금의 남궁소소는 알을 깨고 나오려는 부단한 노력을 시행하고 있는 중임을 남궁호는 깨달았다.

"아, 그나저나. 당숙은 어디에 계시느냐? 내 막간산 대장간에 들렀을 때 안 계셔서 당황했다. 당숙께서도 신가 소가주와는 안면이 있으시니 예로 오실 거라 짐작은 했다만."

"네, 지금 여기 계세요. 저랑 같이 왔지요."

"그래? 그럼 가만히 있을 수는 없지. 내 인사나 드리러 가야겠다. 같이 가겠느냐?"

남궁소소는 힘차게 고개를 끄덕였다.

"그래요."

\*　　　\*　　　\*

신가가 한눈에 보이는 언덕.

제영정과 여설옥은 천천히 다가오는 그를 보았다.

여전히 시커먼 무복 위로 흑색 장포를 입은 모습. 흩날리는 바람과 약한 눈발에도 거침없는 걸음으로 다가온다.

차가운 눈동자와 허리춤에서 덜렁이는 철검은 그와 너무나도 잘 어울렸지만, 세상 모든 사람을 부정하려는 사악함까지 비치고 있었다.

불운을 끌고 오는 듯한 모습.

이미 저 멀리 커다란 소나무에는 큰 까마귀가 앉아서 그들을 내려다보고 있었다.

재앙의 다른 이름, 오왕.

까마귀가 날갯짓을 시작할 때, 세상은 고통과 신음으로 가득하리라.

수를 헤아릴 수 없는 이들이 명부전으로 끌려갈 것이고, 지옥의 십왕들은 선인과 악인을 가리지 않고 십층 지옥에서 미친 웃음을 터트리리라.

세상에는 알려지지 않았던 철혈성과 칠왕들의 전쟁.

단 보름 만에 종결이 되어 버렸지만, 수많은 이들이 죽고, 수많은 신념과 사상이 부딪쳤던 소수와 다수의 전쟁.

그중에서 죽은 전왕과 함께 가장 많은 이들을 학살했던 공포의 존재가 오왕이었다.

투왕(鬪王)이 최전선에서 광란의 춤사위를 추고, 패왕(覇王)이 부르짖어 대지를 뒤엎는다. 뒤를 따르는 화왕(火王)의 손길에 수백 명이 화염지옥에서 고통을 받으며 무인들을 지휘했던 간부들은 살왕(殺王)의 무정한 검과 비수를 피하지 못했다.

무공과 궤를 달리하는 술법(術法)의 대가(大家) 음양왕(陰陽王)이 결계를 둘러 공간을 접어 버리자, 그 속에서 학살의 주도자라 불리었던 전왕(戰王)과 광기의 마신(魔神)이라 불리었던 오왕(烏王)이 핏빛 축제를 벌였다.

모든 왕들이 절대적인 무력을 자랑하며 엄청난 피해를 안겨 주었지만, 특히나 무공의 높낮음에 상관없이 걸리는 족족 모두를 저승으로 보내 버렸던 멈추지 않는 폭풍, 전왕과 오왕에 대한 철혈성 무인들의 공포는 도를 넘어설 정도였다.

만월지란이 끝난 후, 두 명의 왕이 죽고, 한 명의 왕은 치명상을 입었다.

그러나 철혈성은 무려 전체 전력 중 삼 할에 이르는 힘을 상실하였고, 중요한 위치에서 성의 기둥 역할을 하였던 태반의 간부들이 피보라로 화해 생을 마감했다.

단 일곱의 고수들이 일으킨 전쟁이라 하나, 그 파급력과 결과는 무시무시할 정도였다.

구대문파와 전면전을 해도 짧은 시간에 이 정도 피해를 입지는 못했을 터, 일곱 명의 절대고수들은 서로의 합을 맞추어 전무후무한 전과를 이루어 냈다.

그중 최악의 공포로 광기를 발했던 오왕의 후인이 이렇게 다가오고 있다.

사형이자 배덕자이며, 패륜아의 이름을 달고서.

여설옥의 눈꺼풀이 파르르 떨렸다.

바람에 휘날려 얼굴이 다 보이는 진조월.

어릴 적 자상했던 눈빛과 친근하고 아름다웠던 미소는 한 점을 찾아볼 수가 없다. 거기에는 사형의 얼굴을 한 악마가 앉아서 그들을 쏘아보고 있었다.

얼음보다 차가운 눈동자.

그저 같은 공간에 서 있는 것만으로도 까닭 없이 추위에 몸을 떨어야만 하는 괴이한 공포 속에서, 그래도 여설옥은 허리를 폈다.

삼 년 만에 처음 만났던 진조월과의 조우에서 그녀는 압도적인 공포에 손 한 번 놀리지 못하고 쓰러져야 했다.

그만큼 그의 살기가 끔찍할 정도로 강했다는 뜻이기도 하다.

그래도 그녀는 마음이 좋질 않았다.

무인으로서의 자존심인지 무엇 때문인지 모르지만, 그녀는 진조월 앞에서 다시 창피한 꼴을 보이고 싶지 않았다.

물론 그것은 제영정 또한 마찬가지리라.

한 명의 사형과 두 명의 사제들 사이의 거리는 이 장이나 벌어져 있었다.

그 거리가, 진조월과 그들과 벌어진 마음의 거리를 단적으로 보여 주는 것 같았다.

나무와 나무 사이를 지나치며 세상을 향해 자유로이 뻗어 나가는 바람이 진조월의 차갑고 묵직한 목소리를 실어 두 남녀에게 건네주었다.

"살기와 투기가 없으니 나와 일전을 벌이러 온 것은 아닌 듯하고, 그렇다고 너희들의 성격상 사과는 생각도 못할 일이니, 뭔가 묻고 싶은 것이라도 있는 모양이군."

한때나마 친형제보다도 가깝게 지냈던 사이이기에 그들의 성격을 잘 파악하는 진조월이었다.

여설옥은 답답했다.

자신은 너무나도 처절하게 바뀌어 버린 진조월을 꿰뚫지 못하는데, 진조월은 자신들의 마음을 확실하게 바라보고 있었다. 자존심이 상하는 건 아니었으나 그 미묘한 차이가 그녀의 기분을 가라앉게 만들었다.

여설옥은 물론 제영정도 쉽사리 입을 열지 않았다.

진조월의 투명하리만치 차가운 눈동자가 두 사매와 사제를 훑었다.

정(情)이라고는 눈곱만큼도 깃들지 않은 차디찬 눈동자. 사람의 눈이 아니었다.

제영정은 문득 자신이 익힌 무학을 생각했다.

스승의 지닌바 광대한 무학들 중에서도 그는 빙

백류(氷魄流)를 익힌 기재였다.

세상 그 누구도 알지 못하는 철혈성주의 무공은 모두 열 가지의 주류를 이르게 되는데, 그중에서 난해함과 강렬함으로 이름이 높은 세 가지의 무도(武道)를 삼천진해(三天眞解)라 하였다.

제영정이 익힌 것이 그 삼천진해 중 한 가지인 빙백류로써 대성에 이르도록 깨우친다면 깨어지지 않은 부동심과, 한때 저 북쪽에서 무적으로 군림하던 빙궁(氷宮)의 무인들조차 얼려 버릴 만큼의 힘을 갖추게 된다고 하였다.

하지만 그는 생각했다.

자신이 아무리 빙백류라는 천고의 무도를 대성한다 하더라도 눈앞에 있는 진조월만큼의 냉혹무비한 모습을 하게 되지는 못하리라.

무학의 기질과 성격에 따라 굳어진 모습이 아닌, 세월이 주는 무게감과 생명을 밟고 올라선 이가 가지는 차가움이 진조월에게는 있었다. 얼마만큼 거친 아수라장을 겪고 나야 이만큼의 한기를 품어 천하를 조롱하게 되는지 제영정은 상상할 수도 없었다.

진조월의 눈동자에 희미한 광채가 어리기 시작
했다.

"할 말이 없다면, 이번에도 고이 보내 주겠다.
그러나 세 번의 자비는 없다. 다시 한 번 날 찾아
온다면 이유를 불문하고 너희들에게 검을 겨눌 것
이다."

그는 눈빛만큼이나 싸늘한 말을 내뱉고는 그대
로 등을 돌렸다.

그때 여설옥이 소리쳤다.

"진 사형."

그의 신형이 멈추었다.

만약 여설옥과 제영정이 지금 그의 표정을 본다
면 크게 놀랄 것이지만, 안타깝게도 둘은 진조월
의 등만을 바라볼 수밖에 없었다.

여전히 딱딱하고 무감정한 진조월의 얼굴.

그러나 그의 눈동자는 파도에 휩쓸린 조각배처
럼 거칠게 흔들리고 있었다.

여울목에 흘러가는 물방울처럼 돌고, 도는 감정
의 편린들.

삼 년 만에 만난 사매와 사제로부터 살기와 분

노, 배신에 대한 아픔과 처절함만을 보았던 그였다.

그런 진조월의 귀로 너무나도 명확한 세 개의 글자가 비문처럼 새겨 들고 있었다.

'사형.'

사형이라는 글자가 무엇이기에 자신을 이리도 흔든단 말인가.

진조월은 살짝 이를 악물었다.

다시 그가 몸을 돌렸을 때 그는 여전히 얼음처럼 차가운 얼굴을 하고 있었다.

제영정이 입을 열었다.

그의 잘생긴 얼굴은 쓰라린 통증과 알 수 없는 방향으로 나아가는 혼란이 아로새겨진다.

"진실을 알고 싶습니다."

"……!"

"우리가 알지 못했던 진실이 무엇인지, 우리 철혈성에 어떤 그림자가 드리워져 이 지경까지 오게 되었는지 나는 알아야겠습니다."

그 말이 전부였다.

제영정은 더 이상 말을 꺼내지 않은 채로 다소

불안하지만 넘쳐흐르는 정기와 진실을 향한 욕구가 가득한 눈을 빛냈다.

그것은 여설옥이라고 다를 바가 없었다. 특히나 그녀의 눈에는 어떤 절박감 같은 것조차 떠오르고 있었다.

그들 사이로 한줄기 매서운 한풍이 불었다.

이토록 날카로운 바람도 그들 사이에 맴도는 어색함과 혼란스러움을 날려 보내진 못했다. 바람은 그저 여기로 갔다가 저리로 가는 목적 없는 자유만을 토로하였다.

진조월의 눈가가 살짝 떨렸다.

"목적이 무어냐."

"……?!"

"과거의 정리라는 가면을 품고 다가와 결정적인 순간에 내 등에 칼을 꽂으려는 속셈이냐, 그도 아니라면 날 기만하려는 술책이냐. 도대체 무엇이 너희들로 하여금 아무런 살기와 투기도 품지 않은 채 이곳에 서게 만든 것이냐. 똑바로 말하라."

진조월은 흔들리고 있었다.

흔들리지 않으려 했으나, 언제나 마음을 다잡고

철혈성주에게 무차별의 복수를 다짐하려 했으나, 과거 혈육보다도 가까이 대했던 그들과의 관계 속에서 스스로를 다잡지 못했다.

흔들려선 안 된다.

그는 그렇게 생각했다.

하지만 가슴 가득 들어찼던 냉혹한 살기와 바닥에 깔린 분노라는 감정은 두 사매와 사제를 보며 격하게 흩어지려 하고 있었다.

그것을 진조월은 참을 수 없었다.

이래서는 안 된다.

설령 천하를 적으로 돌리더라도 그는 나아가야만 한다. 그러려면 한낱 정에 휘둘리지 않는 강인한 부동심은 필수.

비록 그간의 정이 있어 이 둘을 치료까지 해 주었지만 딱 거기까지가 진조월이 그을 수 있는 최대의 선이었다.

여설옥과 제영정의 눈이 급격하게 흔들렸다.

진조월의 감정은, 비록 숨긴다고 숨겼지만 눈치가 없는 자가 아니라면 알아챌 정도로 격했다. 유난히 단단하고 차가웠던 그였기에 그 변화의 폭은 크게 다가올 수밖에 없었다.

여설옥은 다시 입을 열었다.

"아무런 의도도 없어요. 우리는 진실이 알고 싶어요. 그 하나만을 위해 본 성에는 연락조차 취하지 않았고, 독자적으로 움직이고 있어요."

진조월의 싸늘한 미소를 지었다.

억지로 만든 웃음, 그래서 더욱 처절하고 무서운 미소였다.

"너희들이 무슨 생각을 갖고 이 자리에 왔든, 난 너희의 말을 곧이곧대로 믿어 줄 만큼 착한 사람이 못된다. 설령 진심이라 할지라도 내가 가는 길에 동승시켜 줄 의무 따위 없고, 있다 한들 받아 주지 않는다. 진실이 무엇인지 알고 싶다고? 그렇다면 직접 알아보라."

비수보다 음험하고 보검보다도 날카로우며 겨울의 한풍보다 차가운 말투였다.

공격적이었고 여지를 주지 않는 말투였다.

그러나 이미 진조월이 흔들렸다는 걸 알았기에 여설옥의 반박도 신속하다.

"싫어요."

진조월의 눈동자가 조금 더 스산해졌다.

"내게 아직 사형제간의 잔정이 남았음을 부인하지 않겠다. 그러나 너희에 대한 나의 정이 언제까지 지속되리라 헛된 믿음을 품고 있다면 당장 그……."

"사형."

제영정의 잘생긴 얼굴이 일그러졌다.

울음을 참으려는 듯 격동 어린 표정이었다.

"일전에 우리를 왜 치료해 주었냐는 말에 당신은 이렇게 대답했습니다. 사형제지간이니까. 그렇다면 나도 지금 이렇게 말하겠습니다. 사형제지간이니까, 그러하니까 보게 해 주십시오. 진실 여부의 판단을 할 수 있도록 우리를 도와주십시오."

진조월의 표정은 여전히 변함이 없었다.

다만 그의 오른 주먹은 부들부들 떨리고 있었다.

얼마나 세게 쥐었는지 피가 통하지 않아 새하얗게 변해 버린 그의 주먹을 타고 한 줄기 피가 뚝뚝 흘러내렸다.

손톱이 손바닥으로 파고든 것이다.

애써 떠올리려 하지 않으려 노력했다. 하지만 환상처럼 떠오르는 과거의 추억들이 하나, 둘 그의 머리를 지배하고 있었다.

두 사람을 안고 누워 저 높은 곳에 있는 별들을 헤었던 날들.

어린 나이로 감당하기 힘든 수련에 우는 둘을 위해 몰래 당과를 사다 주며 웃었던 자신의 모습.

과다한 수련으로 인해 지쳐 쓰러진 둘이 잘 때 대사형과 함께 안마를 해 주었던 나날들.

해맑은 미소로 목마를 타며 고사리 같은 손으로 머리카락을 쥐었던 사매와 사제의 모습이 그의 눈을 하얗게 채워 갔다.

피와 피로 이어진 혈육만이 천륜은 아니다.

스승과 제자, 사형제지간 모두가 천륜이다. 하늘의 오묘한 뜻으로 세상 그 수많은 사람들 중에서도 인연이 되어 만난 이들이다.

사부(師父)와 사형제(師兄弟). 아비와 형제인 것이다.

차가운 바람이 다시 한 번 그들 사이를 스치고 지나갔다. 바닥에 쌓인 눈이 모래처럼 휘날리며 그들 사이의 차가움을 조금씩 녹여 주었다.

물론 아직 바닥에 쌓인 눈은 많았다.

진조월의 눈이 가늘어졌다.

"내가 진정 패악하여 너희를 농락하고 패륜의 업을 진 자라면…… 너희는 어찌 감당하려고 이곳까지 와 책임지지 못할 말을 지껄이는 것이냐."

조금 갈라진 목소리였다.

제영정은 눈을 질끈 감았고, 여설옥은 입술을 씹었다.

그러나 곧이어 흘러나온 여설옥의 목소리는 놀라우리만치 정명했다.

"진실을 보는 것이 먼저입니다. 뒷날의 일은 생각하지 않았습니다. 그때의 일은, 그때 생각할 것입니다."

거기서 끝이었다.

하지만 여설옥은 더하고 싶은 말을 애써 마음속으로 되뇌어야만 했다.

'이미 그런 말을 했다는 것이, 당신 스스로가 부끄럽지 않았다는 걸 증명하는 거 아닌가요?'

차마 그런 말까지는 할 수 없었다.

그녀는 본능적으로 알았다.

만약 자신이 이 말까지 했다면, 진조월은 무너졌을 것이라고. 또한 자신도 무너질 것이다.

진실이 무엇인지 알고자 이곳까지 찾아왔지만 아직 자신은 모든 걸 받아들일 준비가 되지 않음을 그녀 스스로가 잘 알고 있었다.

명백하게 밝혀지지 않은 상황에서 애매한 언사를 내뱉는다면, 그녀도 혼란에 빠져 허우적댈 것이다.

결국 휙 몸을 돌리는 진조월이었다.

"진실을 목도하는 대가가 죽음이라도 괜찮다면 굳이 너희의 결정에 상관치 않겠다. 방해만 하지 말도록."

# 3.
## 추왕이청(追王二靑)(3)

신일하는 자신 앞에 앉은 아들을 바라보았다.

서글서글한 눈매, 하얀 피부에 굳건하게 다문 입술이 장부의 기개를 보여 주지만 전체적으로 호인의 느낌이 강한 인상이었다.

평범한 체구에 보는 이로 하여금 기분 좋은 감정을 품도록 만드는 아들이다.

그는 아들이 자랑스러웠다.

비록 무림세가의 자제로서 일신에 충분한 무학을 담아내지는 못했다 하나, 젊은 나이임에도 여느 학자들보다 많은 책을 독파하고, 머리가 좋아

상재(商材)에도 밝았으며, 심성이 충후하고 맑아
능히 대인이 될 상이었다.

큰아들 놈은 일찍이 학문을 버리고 무(武)에 뜻
을 두어 보타의 검문에서 고된 수행을 거듭하고,
작은아들은 문(文)에 뜻을 두어 여느 석학들 못지
않은 견식과 지식, 지혜를 뽐내며 스스로의 가치
를 증명하였다.

전생에 대단한 일이라도 한 것인지, 적어도 자
식 복은 넘친다고 생각하는 신일하였다.

심지어 큰아들은 가문의 차기 가주 자리조차 동
생에게 양보하자, 몇 번이나 거듭 반대하던 동생
은 형의 뜻이 공고하고 바름을 깨달아 소가주가
되었다.

누가 그랬던가. 권력의 앞에서는 핏줄조차 소용
이 없다고.

자신의 자식들은 그러하지 않았다. 추구하는 길
이 달랐고, 밟고 있는 땅이 다르지만, 서로를 위
하며 우애를 높였다.

그 기꺼운 마음은 서호신가의 발전에도 큰 기여
를 하였다.

아무리 생각해도 훌륭한 아들들.

그는 흡족한 미소를 지으며 소가주이자 둘째 아들, 신의성(申義星)에게 말했다.

"긴장이 되느냐?"

신의성은 미소를 지었다. 약간 경직이 되었지만 그래도 모든 걸 포용하는 부드러움이 있었다.

"긴장됩니다. 기쁘기도 하고 설레기도 합니다. 그리고 약간 섭섭한 감도 있습니다."

"혼례를 올린다는 것이 그런 것이다. 네가 어련히 알아서 잘할까 싶다만, 내 노파심에 한마디 하겠다."

"세이경청(洗耳傾聽)하겠습니다."

"무릇 부부라 함은 삼생의 연을 함께 하는 사이인지라, 함부로 맺어지지도 않고, 함부로 끊어지지도 않는 법이다. 한 평생 함께하는 것만이 아니라 이전에도 함께했었고, 다음 생에도 함께할 동반자라는 뜻임을 너 또한 알 것이라. 힘들 때도 많을 것이고, 지칠 때도 많을 터. 하나 이 하나는 명심하거라. 결코 너의 배필에게 함부로 하지 말며 반드시 사랑과 배려로 상대를 대하여야 한다."

"소자, 명심하겠습니다."

"남녀가 유별한 세상이라지만 부부는 절대 그렇지 아니하다. 지금껏 네가 상대를 존중했을지언정 이해는 하지 않았다면, 네 아내 되는 사람에게는 존중과 이해 모두에 힘써야 할 것이다. 서로 존중하고 서로 이해해야 화목한 가정이 이루어진다. 명심보감(明心寶鑑) 치가(治家) 편에서 보면, '자식이 효도하면 양친이 즐거워하고[子孝雙親樂] 가정이 화목하면 만사가 이루어진다[家和萬事成]'고 했다. 대학(大學)에서도 제가(齊家)와 치국(治國), 평천하(平天下)는 가정을 화목으로 이끄는 것이 실로 중요함을 말해 준다. 이미 알고 있는 지식이라 하여 지나치지 말고 너만의 새로운 가정을 이루는 것이니, 그만큼 매사에 신중을 기하며 아내 될 사람에게 잘해 주어라."

"아버지의 말씀, 가슴에 새기겠습니다."

노파심은 많았지만 이 정도면 충분할 것이다.

신일하는 신의성을 믿었고, 신의성 역시 아버지의 마음을 충분히 알 수 있었다.

신일하는 약간 짓궂게 말했다.

"너에게 말하진 않았지만, 내 며느리 될 처자와 차 한잔 했던 적 있었다. 보니 미모는 둘째요, 예와 법도를 배워 스스로 숙일 줄 알고 어른을 공경하며, 사람을 편안케 하는 재주가 있더라. 아는 것이 많아 능히 석학이라 불릴 정도였고, 눈이 맑아 지혜도 충만할 상이라 내 많이 놀랐느니라. 다시 찾아봐도 그런 처자 없으니 혹 가문의 중대사가 걸린 일에도 반드시 네 아내 될 사람에게 물어야 화를 안 당할 것이다."

신의성은 약간 어색한 듯 손가락으로 머리를 긁었다.

"아버지께서 벌써 제 처 될 사람과 담소를 나누셨군요."

"담소만 나눴다 뿐이냐? 어디서 그런 처자를 물었는지, 네놈 복도 어지간하다. 이제 건이만 보내면 내 홀가분하게 살 것 같으이."

신의건이 언급되자 신의성은 민망한 얼굴이 되었다.

"어쩐지 형님에게 죄송합니다. 장자(長子)가 혼인치 아니하였는데, 민망할 따름입니다."

신일하는 한숨을 쉬었다.

큰아들을 믿고 자랑스럽게 여기지만, 그것과 이 문제는 다른 경우였다.

"가문에서 네가 맡은 위(位)가 소가주(小家主)의 직이니 문제될 것은 없다만, 내 답답하긴 하구나. 너도 네 형 되는 놈을 잘 알지 않으냐? 일평생 무도에 젖어 살지언정 가정을 이룰 생각은 아예 하지도 않을 놈 아니더냐. 아비 말이라면 능구렁이처럼 넘어가는 데에 도가 텄으니 일간 네가 한 번 조심스럽게 이야기라도 꺼내 보아라."

"너무 걱정하지 마세요, 아버지. 형님도 사내인데 필시 마음에 품은 처자가 있을 것입니다. 없으면 무슨 수를 써서라도 형수님을 찾아오겠습니다."

주먹을 불끈 쥐며 의지를 불태우는 신의성이었다.

신일하는 허허 웃었다.

말은 그리했지만 역시 그에게 큰아들인 신의건이나 작은아들인 신의성이나 똑같이 사랑하는 자식들이었다.

두 형제의 우애가 죽을 때까지 계속되기를, 그래서 가문을 잘 이끌어 주기를 그는 바라고 또 바랐다.

그리고 모종의 결심도 하였다.

'천하를 평안케 하기 위해서, 그리고 우리 가족들을 위해서 내 힘든 짐은 모두 안고 갈 것이다. 부디 너희는 섣불리 움직이지 말며, 먼저 수신제가(修身齊家)에 힘쓰도록 하여라.'

신일하의 눈동자에 묘한 아픔이 스쳐 지나갔다.

작금에 살아남은 모든 왕들이 이곳에 모여 있다.

물론 소가주인 신의성의 혼례를 축하하러 온 길이기도 하나, 더욱 중요한 목적이 있었으며, 그것은 신일하와도 무관하지 않았다.

아니, 오히려 신일하가 아니라면 그들의 움직임에 제약이 올 수도 있다.

만월지란은 분명 엄청난 사건이었지만, 만약 후원하는 손길이 없었다면 만월지란 자체가 일어나지 않았을 것이다.

그리고 이미 옛날에 철혈성주는 자신의 야망을

달성하여 천하를 도탄에 빠트렸을 것이다.

그것을 막기 위해 수많은 열사(烈士)들이 암중에서 칠왕들을 도왔으며 동시에 죽어 갔다.

첫째 아들이자 남자로써 예외로 보타문의 제자가 된 신의건 역시 이 부분은 알고 있을 것이다. 보타의 장문인이 직접 사사하였으니 무공은 물론이거니와 장문인의 정신과 도덕, 그리고 차후 일어나게 될 일들도 예전에 알았을 터.

'건아, 알고만 있으면 되었다. 이 싸움에 너까지 끌어들일 수는 없으니, 최악의 상황이 아니라면 항시 본가를 지켜 주는 울타리가 되어도록 해라.'

어찌 되었든 철혈성주와의 대립, 그 두 번째 결투에 막이 올랐다.

이번 결투에서 어느 쪽이든 결판은 날 것이다.

대견한 눈으로 신의성을 보면서도 신일하는 혼례식이 끝난 이후의 일들을 생각하느라 머리가 제법 복잡했다.

그때였다.

"아버지, 저 왔습니다."

문밖에서 호탕한 목소리가 들려왔다.

신일하와 신의성의 표정이 밝아졌다.

이 우렁차고도 차분한 목소리의 정체를 모를 리가 없었다. 아무리 오래되었어도, 잠결에 들린다 하더라도 명확하게 정체를 알 수 있는 목소리.

마침내 남해 보타암에서 검도(劍道)에 힘썼던 신의건이 도착한 것이다.


*       *       *


객당 후원은 널찍하고 경치도 좋아 방 안에만 틀어박히길 싫어하는 많은 사람들이 보였다.

그러나 밤이 되고 달이 떠 고고하게 세상을 비추는 시간이 되면, 그 많은 사람들은 방 안에서 혹은 식당에서 술을 마시기 위해 이곳은 제법 한산해졌다.

문아령은 사박사박 땅을 끄는 옷자락을 잡으며 후원으로 걸었다.

대낮에 싱그러움으로 가득한 후원은 비록 춥지만 밤에도 능히 절경이라 불릴 만했다.

은은한 달빛과 바닥에 쌓인 눈으로 소담스레 사람들을 맞이하는 장소.

　그녀는 속으로 감탄하며 후원을 거닐었다.

　그리고 그런 그녀의 눈에 한 명의 사내가 비춰들었다.

　다소 높은 바위에 앉아 달빛을 쳐다보는 남자.

　흑색 무복 위로 흑색의 장포를 걸친 흑색일색(黑色一色)의 사내는 허리춤에 한 자루 덜렁이는 철검을 차고 있었다. 차가운 밤공기와 한 번씩 스며드는 바람은 그가 입은 장포를 묘하게 건드리고 있었다.

　그는 여전히 차가운 안색으로 술을 마시고 있었다.

　안주도 없고 술잔도 없이, 말 그대로 병째로 들이키고 있다.

　문아령은 그에게 다가갔다.

　"못 오신다고 하더니 벌써 도착하셨네요?"

　달빛을 보며 사색에 잠겼던 진조월은 천천히 고개를 돌렸다.

　그곳에는 여전히 싱그러운 숲처럼 안온함을 자

랑하는 문아령이 서 있었다.

진조월은 묘한 충격을 받았다.

아무리 심란하기로서니 사람이 오는 것도 몰랐다니…… 정말 자신이 어떻게 되기라도 한 모양이다.

그는 흔들리는 자신의 마음이, 이 한 모금의 술을 마시면서 점점 공고해지는 걸 느꼈지만 그것은 최면이었을 뿐, 정작 균열이 간 얼음덩이가 수습조차 되지 못함을 깨달았다.

'나는 더욱 깊은 곳으로 빠져들고 있었는가.'

그는 고개를 저었다.

가만히 놔두어도 빠져들 것이라면 굳이 술을 마실 필요도 없고, 달빛의 위로를 받을 필요도 없으리라.

진조월은 자그마한 미소를 지었다.

자신의 손으로 명부전에 이름을 새길 그들을 위한 살소(殺笑)였다. 아직도 수양이 부족한 스스로에 대한 조소(嘲笑)였으며, 이제야 비로소 자신을 어떻게 세울지 확신하게 된 축하의 희소(喜笑), 그럼에도 핏빛 길을 걸어야 하는 현실에 대한 고소(苦笑)였다.

'그저 흐르는 대로······.'

묘한 상황에서 얻은 깨달음이었다.

그의 미소는 그래서 차갑지가 않았다.

하나 충격을 받은 사람은 비단 진조월만이 아닌
듯 문아령 역시 눈을 크게 떴다.

저 멀리서 은은하게 떠오른 달빛이 후광처럼 드
리워진 진조월의 모습은 참으로 신비로웠다.

어딘지 결핍되어 보이는 그의 모습은, 어둠보다
더욱 어두운 옷을 입어 애달파 보이기도 하다.

볼품없이 달랑거리는 철검 한 자루도, 손에 잡
힌 하나의 술병도 그의 모습을 완전하게 만들어
주는 신비한 도구였다.

거기에 은은하게 담겨진 미소 한 자락까지, 그
야말로 화룡점정이라 할 만했다.

하지만 진조월의 미소는, 나타난 것만큼이나 빠
르게 사라졌다. 어느새 무표정한 얼굴로 돌아온
그의 모습을 보며 문아령은 괜한 아쉬움에 젖는
자신을 느낀다.

진조월이 바위에서 훌쩍 내려와 문아령의 맞은

편에 섰다.

"신형과 함께 온 거요?"

말도 참 멋없게 하는 사람이지 싶다.

문아령은 고개를 끄덕였다.

"내일이 혼례식이니까요."

"알겠소."

시작도 멋없었지만 마무리는 멋없는 걸 넘어서 듣는 사람을 당황시킬 정도로 짧고 무성의했다.

일전의 술자리로 진조월이 얼마나 무뚝뚝하고 차가운 사람인지 그녀도 알았으나, 막상 둘만 된 상황에서 부딪치니 천하의 재녀라는 문아령도 당황하지 않을 수 없었다.

그는 그렇게 문아령을 스치고 지나갔다.

대화는 그것으로 끝이었다.

문아령은 멀뚱히 서 있다가 왠지 점점 화가 나는 것을 느꼈다.

세상에서 자신이 아니라면 실제 자신의 오묘한 마음을 알아낼 수 없는 법이지만, 또한 누구보다도 자기 자신을 모르는 것도 자신이라 할 수 있을 터.

그건 거의 이십여 년 동안 보타암에서 검을 휘둘러 어지간한 일에도 경동하지 않는다는 문아령 역시 마찬가지였다.

그녀는 발작적으로 진조월을 잡았다.

"잠깐만요!"

표정의 변화는 여전히 없다.

차가운 눈동자, 싸늘한 분위기는 도통 달라질 기미가 없었다. 세상이 무너져도 진조월의 이 표정은 무너지지 않을 것 같았다. 그는 세월이 지나도 언제나 그 자리에 서서 세상을 바라보는 노송(老松)과 같았다.

진조월을 잡았던 문아령은 재차 당황하고야 말았다. 뭔가 답답한 심정으로 그를 잡았는데, 막상 잡고 나니 할 말은 없었다. 그녀는 우물쭈물한 기색으로 그저 땅만 바라보았다.

진조월이 고개를 살짝 갸웃하며 묻는다.

"혹 나에게 할 말이라도 있으신 게요?"

그런 게 있을 리가 없다.

문아령은 눈썹을 살짝 좁혔다가 이내 한숨을 쉬었다.

"아니에요."

"그럼 이만 가겠소."

그는 무심하게 등을 돌려 휘적휘적 걸었다.

꼿꼿한 허리 밑으로 살랑거리는 장포자락이 바닥에 쌓인 눈을 조금씩 치워 주고 있었다.

문아령은 그의 등을 바라보았다.

넓은 등. 무공으로 단련되어 육체의 강건함이 인간으로 도달할 수 있는 극치에 달한 몸. 팔다리가 길고 탄력적이며 걸음걸이에서는 자유로움과 엄격함이 배어 나온다.

고무처럼 탄탄한 얼음이라면 이와 같을까 모르겠다.

겉모습만 보고 사람을 판단하는 것만큼 어리석은 일이 또 없지만, 외관에서 풍기는 분위기만으로 그 사람의 내면을 어느 정도 추측할 수 있기도 하다.

특히나 사람의 눈은 마음의 창이라 하여 타인의 눈빛을 제대로 읽을 수 있다 함은 그 사람의 내면을 파악할 수 있다는 뜻이기도 하다.

문아령은 생각했다.

진조월의 눈동자. 세상에서 찾아볼 수 없는 얼음의 눈동자였다. 너무나 차갑고 투명해서 오히려 빈틈이 많아 보이는 눈동자는, 필시 한줄기의 기세를 품을 때 세상을 갈기갈기 찢을 광기를 보일 것이다.

그리고 차가운 눈동자만큼이나 그의 한(恨)도 깊으리라.

"이봐요!"

다시 한 번 진조월은 등을 돌려 문아령을 바라보았다.

평소라면 귀찮아서라도 눈썹을 일그러트릴 그였지만, 그러하지 않았다.

그의 심중에 작은 변화가 있다는 뜻이었다.

"이 경치 좋은 밤에 나 혼자 거닐기는 심심한데, 말동무라도 해 줄 수 있나요?"

비록 남궁소소나 강소란에 비한다면 외모의 아리따움은 떨어진다고 할 수 있지만, 문아령의 선선하고 포근한 분위기는 남정네들의 가슴에 불을 지필 뭔가가 있었다.

더군다나 보타암에서 갈고 닦은 소양과 수양은

그녀를 참으로 특별한 여인으로 보이도록 만들어 준다.

진조월은 물끄러미 그녀를 바라보았다.

문아령이 진조월의 눈에서 뭔가를 볼 수 있었던 만큼 진조월도 능히 문아령의 심성을 알 수 있었다.

'전형적인 외유내강(外柔內剛)의 소유자. 포근하고 단단하며 나아갈 땐 폭풍과도 같으리라. 필시 일신에 새긴 무학의 깊이도 남다를 터, 신형도 그렇고, 이 사람도 그렇고 남해 보타암은 인걸(人傑)이 많기도 하구나.'

신의건은 실로 사귀어 둘 만한 사람이었다.

세상을 다 뒤져도 그처럼 올곧고 유쾌한 대협(大俠)은 찾아보기 힘들 것이다.

그것은 또한, 문아령 역시 마찬가지였다.

그는 속으로 신의건과 문아령을 생각했다.

둘이 나란히 선 것만으로도 주위가 화사하고 부드러워진다. 참으로 어울리는 한 쌍이니 능히 용봉(龍鳳)이라 불릴 만하다.

'나와는 전혀 다른 부류다.'

진조월은 스스로에게 솔직해질 수 있었다.

그래서 빌었다. 제발 세상에 이와 같은 사람이 많이 나오길 빌었다. 철혈성주에게 피해를 본 자신과 같은 사람이 없어지길 빌었다.

한 지역의 패주든, 세상을 다스리는 군왕이든, 이러한 사람들이 위정자가 되어 천하를 위하기를 그는 진심으로 기원했다.

"알다시피 난 말주변이 좋질 못하오."

"알아요. 그래도 이곳에서……."

"하지만 술이라도 있다면 괜찮을 거요. 기다리시오, 내 가져오리다."

저 멀리로 사라지는 진조월을 보며 문아령은 약간 어안이 벙벙했지만, 곧 편안한 미소를 지었다.

그녀는 겉으로 보이는 것과 달리, 진조월은 좋은 사람이라고 생각했다. 딱딱하고 차가웠지만 그래도 타인을 배려할 줄 아는 사람이기도 했다.

약간의 심술도 있었다.

'그래도 너무 담담한걸?'

여인이라면 누구나 느낄 수 있을 법한 감정이었다.

그녀는 자신이 대단한 미인은 아니라고 생각했지만, 그렇다고 매력이 아주 없는 사람도 아니라고 생각했다.

한데 진조월의 눈동자는, 자신을 대할 때나 홀로 사색에 잠길 때나 크게 달라지는 것이 없었다.

괜히 서운하기도 했으나 욕망에 물들지 않는 의외의 담백함을 느낄 수 있어 그녀는 환하게 웃을 수 있었다. 신의건과 같은 대협도 찾아보기 힘들지만 진조월 같은 솔직담백한 사람도 찾아보기 힘들 거라 그녀는 생각했다.

일각 뒤.

달빛이 은은하게 비춰 주는 편편한 바위 위에서 두 사람은 술잔을 들었다. 안주는 흘러가는 구름과 안온한 달빛으로 충분했다.

한창 동장군(冬將軍)이 기승을 부릴 날씨라지만, 적어도 오늘의 바람은 거세지 않고, 진조월은 물론 문아령 역시 무학의 깊이가 남다른지라 추위 때문에 떠는 일은 없었다.

문아령은 술잔 속에 흐르는 향기를 맡으며 미소 지었다.

"전에도 그렇고, 소흥주를 좋아하시나 봐요?"

"절강 명주(名酒)라서 찾았을 뿐이오."

"하기야, 항주에서 소흥은 가까운 동네이기도 하죠. 산지에 가까워서 그런지 맛도 남다르네요."

"보타문의 문도들은 불가(佛家)에 몸을 담아 음주를 삼간다고 들었거늘, 문규(門規)에서 제법 자유로운 모양이오."

문아령은 피식 웃었다.

"제가 비구니로 보이나요?"

진조월은 그저 술잔을 들었다.

신의건이나 문아령이나 보타암에서 의발이 전수되는 정식제자는 아니라는 걸 그도 알고는 있었다.

이 둘은 아마도 속가제자(俗家弟子)일 가능성이 높았다.

아니, 분명 속가제자가 확실하다.

하지만 속가제자에게는 본문의 모든 공부를 전하지 아니한다. 물론 예외도 있을 수 있지만, 그것은 말 그대로 예외일 뿐, 일반적으로 문을 떠날 제자들에게 심도 깊은 공부를 전수하지 않음은 당연했다.

그래서 어느 소속의 문파이든 정식제자로 영입되기를 바라는 것이다. 무도에 몸을 실은 사람치고, 보다 경지 높은 무학을 바라는 건 당연한 일이었으니.

그러나 의문인 것은, 신의건이나 문아령이나 몸에서 느껴지는 무도의 깊이가 깜짝 놀랄 만큼 깊다는 것이다.

신의건은 잘 모르겠지만 문아령만 해도 이미 제영정이나 남궁소소의 경지를 훌쩍 뛰어넘어 일가(一家)를 이룬 듯했다.

천재 중에 천재라고 알려진 제영정이고, 남궁가 백 년 이내 최고의 인재라 일컬어지는 남궁소소였다.

둘과 나이 차가 얼마 나지 않음에도 이처럼 명확한 단계의 차이가 날 정도로 무학이 깊다는 것은 실로 특기할 만한 일이다.

진조월의 내심이 무엇인지 깨달은 문아령은 미소 지으며 말했다.

"아직 부족하지만 저나 신 사형이나 조금 특이

한 경우예요. 다행히 복이 있어 높은 공부를 이었
지만, 자질이 좋지 못해 어려움을 겪네요."

겸손한 말이었다.

대륙에서도 고르고 고른 후기지수들인 남북십걸
보다도 강인한 무력이라면 천하에 명성이 자자할
만하다.

진조월은 묵묵히 술잔을 들었다.

문아령은 별빛처럼 빛나는 눈으로 물끄러미 그
를 바라보다가 툭 물었다.

"당신은 참 독특한 사람이에요. 알아요?"

"모르오. 알고 싶지도 않소."

잔인할 정도로 차갑기 짝이 없는 대답이다.

진조월의 말투는 항상 그랬다. 알아도 적응하기
가 쉽지 않았다.

문아령은 처음 그를 만났을 때를 떠올렸다.

차갑고 딱딱한 모습. 지금과 크게 다를 건 없었
다. 마주하기 부담스러울 정도로 강인하게 빛나는
안광(眼光)에는 달빛이 가득하다.

온몸에서 흐르는 스산함이 칼날처럼 날카로워
가까이 다가가기가 힘들었다.

그 속에서 그녀는 진조월이 묘하게 불안정하다는 걸 느꼈었다.

한데 지금은 또 다르다.

그때와 큰 변화는 없지만 넉넉한 안정감이 있다. 허무하리만치 차가웠던 눈동자는 안개처럼 흐릿했으나 지금은 안개가 걷힌 느낌이었다.

문아령은 근래에 진조월에게 뭔가 깨달음이 있었다고 생각했다.

정확했다. 조금 전, 아주 잠깐의 깨달음이 있었으니 그녀의 생각이 틀리진 않았다.

또 다른 무도를 달성한 무학의 깨달음은 아니었지만, 그는 스스로가 달라짐을 느꼈다.

문아령의 시선이 진조월의 허리춤에 닿았다.

요대 좌측에서 달랑거리는 철검.

시중에서 어렵지 않게 구할 수 있을 법한, 지극히 평범한 검. 그나마도 닳고 닳아서 무사 수행을 하는 사람조차 콧방귀를 뀔 정도였다. 검파 끝에 달린 오묘한 광택의 철환이 없었다면 정말 눈도 가지 않을 검이다.

하지만 그녀는 그 검에서 미약한 기가 흘러나옴

을 느꼈다.

검을 쥔 자가 마음이 일어 나오는 기가 아닌, 검 자체에서 흐르는 기였다. 보검이나 신검(神劍)이라 불리는 검들은 자체적으로 뛰어난 예기를 낸다지만, 진조월의 검에서 흐르는 기는 예기 같은 종류의 것도 아니었다.

음습한 기운.

피냄새가 짙다. 원통한 죽음으로 세상을 부유하는 모든 귀신들이 들러붙은 것 마냥 불길하기 짝이 없는 검이었다.

일가를 넘어설 정도의 경지를 구축하지 않았다면 진조월의 검에 새겨진 귀기를 파악하기란 요원한 일일 터, 실제 문아령의 경지로는 파검의 귀기를 파악할 수 없어야 정상이었지만 유난히 파사현정(破邪顯正)에 예민한 불문(佛門)의 절학을 익혔기에 그녀는 볼 수 있었다.

수천 명의 비명이 검에서 들린다.

원통함을 풀고 싶은 비명성, 거의 광기에 가깝다.

심성이 유난히 올곧지 않거나 입이 떡 벌어질

정도로 높은 경지의 고수가 아닌 이상 검의 마성(魔性)에 젖어 휘둘리게 될 마물이 분명했다.

그녀는 검의 귀기에 등골이 다 오싹했다.

"보통 검이 아니로군요."

진조월은 긍정도 부정도 하지 않았다.

"그리고 그걸 다루면서도 마성에 젖지 않은 당신 또한 보통 사람이 아니겠죠?"

그는 살짝 문아령을 보다가 입을 열었다.

"마물이건 신물이건 다루는 건 사람의 몫이오. 당연한 이치를 바라볼 수만 있다면 학문에 정통한 이든, 무도에 다다른 이든, 검을 다루는 것에 문제가 없을 거요."

어딘지 현기 어린 대답이었다.

멍하니 진조월을 바라보던 문아령은 이내 웃고야 말았다.

"맞는 말이에요. 결국 사람의 문제지 사물의 문제는 아니죠. 저도 간과하고 있었는데, 덕분에 큰 배움을 얻네요."

"배움이랄 것도 없소."

서로에게 깨달음을 주는 관계로 발전한 두 사람

이었다.

진조월은 생각했다.

굳이 문아령이라서가 아니라, 이처럼 편안하고 고요한 시간 속에서 살 수 있다면 그 또한 복이리라.

그렇지만 자신은 그런 행복 속에서 살 수 없음을 진조월은 알고 있었다. 아니, 믿고 있었다.

시간이 지나 바위 위에는 두 개의 술병이 뒹굴었다.

흐르는 시간의 경과로 볼 때 썩 많이 마셨다고 보기 어려웠지만, 문아령은 만족했다. 유쾌한 말상대는 아니어도 차가운 눈을 한 이 사내와의 대작은 말로 표현하기 어려운 만족과 든든함이 있었다.

그렇게 얼마의 시간이 지났을까.

홀연히 나타난 사람이 있어 문아령은 깜짝 놀랐다.

아무리 술을 좀 마셨기로서니 유령처럼 진조월의 뒤에 서서 뒷짐을 지고 달을 바라보는 노인의 움직임과 인기척을 파악하지 못했다는 것은 말도 안 되는 일이었다.

진조월은 이미 알고 있었는지 술만 홀짝이고 있
었다.

노인은 평범한 외관에 맑은 분위기를 가진 이였
다.

그는 깜짝 놀란 문아령을 보며 미소를 지었다.

"과연, 어디서 이토록 고아한 분위기가 그득하
나 싶었더니 성니(聖尼)의 제자가 술잔을 기울이
고 있었구나."

노인의 눈은 맑았다. 마치 어린아이의 눈을 보
는 것처럼 순수한 눈동자.

진조월의 차가움과는 또 다른 독특함이었다.

마주하는 사람의 심혼을 빨아들이는 마력이 있
다.

문아령은 벌떡 일어나 인사를 올렸다.

"보타암 제자 문아령이 강호의 기인을 뵙습니
다."

진조월은 여전히 묵묵히 술잔을 들고, 노인은
그의 뒤에서 웃었다.

"부끄럽구먼. 그저 초야에 묻혀 살다가 다시 세

상 공기 좀 쐬려 나온 늙은이에 불과하네."

"저의 스승님을 알고 계신 것, 저의 내기(內氣)를 읽으신 일 등, 드높은 안목은 말학 후배의 눈으로 가늠할 수 없습니다. 능히 기인이라 불리시기에 부족함이 없다고 사료됩니다."

"허허. 너무 내 얼굴에 금칠하진 마시게. 성니는 잘 계시는가?"

"스승님께서는 잘 계십니다. 제자가 이곳에 오실 적에는 성동(聖洞)에서 면벽을 하고 계셨습니다."

노인의 입가에 기분 좋은 미소가 어렸다.

"그리도 높은 정신수양을 쌓은 사람이 말년에 이르렀다 해도 자만하지 않고 정진 또 정진하는구나. 과연, 그 드높은 절학만큼이나 대단한 사람이다."

"사부님을 잘 아시나봅니다."

"처음 만났던 것이 삼십여 년 전이로군. 그녀와 간단히 손속을 나눈 적이 있었지. 당시만 해도 그녀의 무력은 나이에 비해 높은 경지를 구축하여 가히 천하의 기인(畜人)이라 불리기 부족함이 없었다. 훗날 차나 한잔하자며 오라 하였거늘, 내 엉덩이가 무거워 자주 가지 못함이 안타깝다. 십 년 전에 마지막으로 한 번 보았었지. 한데, 그 인연의 끈이 여기로 이어지는구나."

노인은 별빛처럼 영롱한 눈으로 문아령을 바라보았다.

"성니의 제자라면 내 이야기도 들어 보았을 터. 백씨에 성곡이라는 이름을 쓰는 무명 노인네가 날세."

문아령의 눈이 커졌다.

모를 수가 없는 이름이었다.

그녀는 천천히 무릎을 꿇고 고개를 조아렸다.

"남해 보타의 말학 아령이 일세의 대협이자, 열사(烈士)이신 투왕(鬪王) 대선배님을 뵙겠습니다."

육 년 전, 아니 이제 해가 바뀌었으니 칠 년 전의 일이 되어 버린 칠왕의 난, 만월지란의 주역이자 칠왕수좌로 불리는 백성곡은 강호에서 아는 사람이 그리 많지는 않다.

그나마도 전대급 인물이라거나 혹은 명성이 자

자한 대문파의 장문인, 장로가 아니라면 백성곡이라는 이름 석 자는 거의 모르는 실정이었다.

하지만 문아령은 너무나도 잘 알고 있었다.

천하제일세 철혈성, 그 괴물처럼 거대하고 강력한 세를 이끄는 철혈성주의 무자비한 야망을 저지한 일곱 고수 중 한 명이자 주도자라 할 수 있는 사람이 백성곡이다.

암중으로 일곱 명의 절대고수를 도운 수많은 손길이 있었지만, 실질적으로 철혈성에 침투하여 전력의 삼 할을 날려 버리고 성주의 야망을 반쯤 꺾어 버린 협사들의 중심에는 백성곡이라는 사람이 있었다.

보타암의 문주이자 강호에서는 종적이 신비로워 비문성수(秘門聖手)라 불리는 보타성니.

그녀뿐만이 아니라 보타암 자체가 칠왕을 지지하며 많은 도움을 주었었다. 그리고 그 도움은, 철혈성주의 야망이 없어지지 않는 한 끝나지 않고 계속되리라.

백성곡은 너털웃음을 지으며 진조월의 옆에 앉았다.

그가 앉자 백포자락에 휘날린 묘한 바람이 향긋한 내음을 발하며 사방으로 퍼진다.

매화의 향기.

"굳이 예를 차릴 필요는 없네. 소속 없이 세상을 떠도는 무지렁이일 뿐이니, 내 많이 불편하군."

투왕이라 불릴 정도로 막강한 무력을 소지한 백성곡이 이토록 스스로를 낮추는 이유를 눈치 빠른 문아령이 모를 리 없었다.

딱딱한 격식을 싫어함을 알았기에 그녀는 백성곡의 맞은편에 앉았다.

그때까지도 진조월은 그저 홀로 술잔만 기울였다.

하지만 그는 내심 놀라고 있었다.

'비문성수의 적전제자라……'

남해 보타암의 수장이자 강남십대고수(江南十大高手) 중 한 명으로 꼽히는 이가 비문성수였다.

물론 세상에 기인이사 많아 십대고수니 뭐니 하는 명성도 완전히 믿을 바는 못 되지만, 넓은 대륙의 강남 지역에서 열 손가락 안에 꼽힐 정도의 강자라는 소문이 괜히 난 것은 아니리라.

더 놀라운 것은 이미 백성곡이 보타성니와 아는 사이라는 것이었다.

역시 세상은 드러난 것보다 드러나지 않은 곳에서 움직이는 수레바퀴가 거센 법이다.

세상에 누가 있어 백성곡이라는 사람이 투왕임을 알 것이며, 그가 보타성니와 친분이 있다는 걸 알 것인가.

백성곡은 약간 미안한 기색으로 문아령에게 말했다.

"반가운 만남이지만, 내 이 친구와 조금 할 말이 있네. 눈치 없이 와서 미안하네만 자리를 내어줄 수 있겠는가?"

이번에는 문아령이 놀랄 차례였다.

진조월이 평범한 사람은 아니라는 걸 알았지만, 설마 백성곡이 바라볼 정도로 대단한 사람이라고는 생각하지 못한 탓이다. 그러고 보니 등 뒤에서 백성곡이 나타나도 아무런 경동이 없는 것을 보면 이미 안면이 있는 사이임이 분명했다.

그녀는 고개를 깊숙이 눌렀다.

"어인 말씀이십니까. 당연히 자리를 비켜 드려야지요. 그럼 후배, 명일 따로 찾아뵙겠습니다."

"그러세. 내일은 차분하게 차나 한잔 마시도록 하지."

놀라움과 약간의 아쉬움을 뒤로한 채 문아령은 그렇게 사라졌다.

백성곡은 문아령이 마셨던 술잔을 들어 술을 따라 마셨다.

"나이가 먹어도 술을 끊기가 보통 어려운 것은 아니야. 달빛도 좋고, 경치도 일품이군. 그렇지 않나"

"할 말이 있소?"

찰나지간 백성곡의 눈동자가 정광을 발했다.

심연처럼 깊고 맑았던 그의 눈동자가 미묘한 위엄을 품는 순간이었다.

"자네 사제들을 데려왔더군."

"……."

"내 자네를 만난 지 얼마 되지는 않았으나, 자네의 성격이 어떤지 모르는 바 아니네. 어련히 알아서 하겠냐만, 그렇다고 위험하다 아니 말할 수도 없지. 자네는 감당할 수 있겠는가?"

진조월은 가만히 백성곡을 바라보았다.

얼음장처럼 차가운 눈동자와 위엄 어린 눈동자가 허공에서 격렬하게 부딪쳤다.

진조월의 고개가 이내 위아래로 움직였다.

"나도 경우를 아는 사람이오. 책임지지 못할 일을 넘어 한순간의 판단으로 우리의 행보를 위험하게 만들 일은 하지 않소."

간단하게 말해서 날 믿으라는 소리였다.

백성곡은 가볍게 한숨을 쉬다가 다시 술잔을 비워 냈다.

"자네의 한(恨)이 깊음을 일부나마 보았고, 자네의 성격을 보아서 그런지 모르겠네만, 나는 물론 나머지 후배들도 자네를 함께할 동지로서 인정하고 믿기 위해 노력하네. 그러나 이것은 믿음의 문제를 떠난 종류의 것이야. 자네도 알지 않나?"

"알고 있소."

"지금 당무환과 단기중이 그들을 만나러 갔네."

진조월의 눈동자가 한순간 번쩍였지만 이내 잠잠했다.

자신이라 해도 그랬을 것이다.

그들이 나타난 시기, 소속하며, 세작으로 의심할 수밖에 없다. 설령 부모형제가 데려왔다 하더라도 의심부터 할 것이다. 일의 특성상 어쩔 수 없는 일이기도 하다.

기분이 나쁘지는 않다. 오히려 당연히 그래야 할 일이다.

그는 자신이 정 때문에 그들의 진심을 오해하진 않았다고 믿지만 그것은 말 그대로 믿음일 뿐, 자신만이 아니라 다른 왕들에게도 믿음을 주어야만 한다.

직접 만나는 것처럼 확실한 일은 없을 터, 필경 자신이 보지 못한 부분을 그들은 볼 수 있을 것이다.

백성곡은 다소 뜻밖이라는 표정을 지었다.

"이해하는군?"

"나라도 그랬을 거요."

믿고 안 믿고의 문제는 아니다.

그들은 진심으로 진조월을 이해하려 노력했고 믿었다. 정확하게는 전대 오왕의 안목을 믿었고 그래서 진조월도 믿는다. 그들은 그런 사이였다.

진조월이 믿었다면 그의 두 사매이자 사제인 여설옥과 제영정도 당연히 믿는 것이다.

그렇지만 서 있는 위치가 다르고 그간 처했던 상황과 환경이 달랐다.

백성곡이 그것을 정확하게 짚자 진조월은 이해하였다. 결코 쉽게 말할 수 없는 부분이었음에도 진조월은 수긍한다.

놀라운 일이다.

"역시, 자네는 대단한 사람일세."

진조월은 자신을 감추는 데에 그리 능한 사람은 아니었다.

이 얼음처럼 차가운 분위기와 경동 없는 얼굴 때문에 그의 성격을 파악하기 어려워할 수도 있지만, 세월의 풍상을 겪어 가며 지혜를 쌓아 간 이들에게는 진조월처럼 파악하기 쉬운 사람이 몇 없을 것이다.

백성곡은 순수하게 감탄했다.

사람 마음이 다 이성과 맞아 떨어지는 것이 아니다. 진조월은 진심으로 수긍하고 있었다.

그는 가만히 웃다가 느닷없이 일어났다.

"일어나게."

진조월의 의문 어린 눈빛을 뒤로 하고 이미 백성곡은 널찍한 공터로 나왔다.

진조월은 고개를 갸웃하다가 이내 표정을 살짝 굳히며 일어섰다.

백성곡의 몸에서 묘하게 일어난 투기. 어지간한 경지의 고수들조차 알아채기 어려운, 아주 미약한 기운이었다.

하지만 진조월이 그것을 못 알아챌 수 없었다.

백성곡은 기세로 말하고 있다. 한판 손을 섞어 보자고. 가만히 뒷짐을 쥔 채로 희미하게 웃는 백성곡의 모습은 너무나도 편안해 보였다.

그러나 이 평범한 노인네의 몸에 도사리고 있는 힘은 가히 무시무시할 지경이다.

진조월은 생각했다.

'최소 나보다 몇 수는 위.'

과연 칠왕수좌라 할 만했다. 그 힘의 끝이 어디인지 가늠조차 되질 않는다.

한때 스승이었던 철혈성주나 '그'를 제외하고

이처럼 아득한 느낌을 주는 사람은 처음이었다.

약간의 기세를 개방하는 것만으로도 진조월은 백성곡을 읽어 낼 수 있었다. 물론 전부 읽히지도 않았지만.

진조월이 가슴이 시릴 정도로 놀랐다면 백성곡도 겉으론 편안한 얼굴이었지만 경악에 가까운 심정이었다.

오상검문을 초토화시켰던 무력을 보아서 알고는 있었으나 이렇게 서로 기세를 뿜어내며 가늠하니, 힘의 깊이가 당무환이나 단기중에 필적할 만했다.

당무환이나 단기중 역시 세상에서 찾아보기 힘든 천고의 기재로써 전대 기인에게 많은 도움을 받아 지금 이 위치까지 도달하였다.

세수 백세에 가까운 전대의 고수들이 많다지만, 그들조차도 당무환과 단기중에 비하기 어렵다.

드러나지 않았으나 천하에서 내로라하는 고수들이 화왕과 패왕 아니던가.

한데 진조월의 나이가 몇이라고 그들과 거의 동수에 이를 수 있는 힘을 얻었단 말인가. 백성곡은 눈으로 보고서도 믿기지가 않았다.

'무서운 청년이로다.'

몇 년 동안 전장을 전전하면서 피 튀기는 살육전에서 살아남았다고 들었다. 그렇다면 실전 경험 역시, 여느 노강호에게도 뒤지지 않을 터.

물론 대놓고 살육을 벌이는 전장과 암수가 판이치는 강호 무림과는 다르겠지만, 크게 다른 것도 아니리라.

백성곡이 입을 열었다.

"신가의 소가주가 혼인식을 끝내면, 본격적으로 활동에 접어들게 될 것이네. 그렇다면 전력을 확실하게 파악하는 게 우선이겠지. 가늠하는 것과 손을 섞는 것은 다르니 내 한 번 자네의 무학이 어느 정도인지 직접 겪어 보자 하네."

"알겠소."

"광야종은 어느 수준까지 익혔나?"

진조월의 눈이 침침해졌다.

광야종. 전대 오왕의 힘.

거친 무학의 근본이자, 광기와 살기가 난무하는 최악의 살상 능력.

그는 철혈성주가 자랑하는 십대절기를 익히지는

않았지만, 적어도 깊이에서 떨어지지 않는 마도의 절기들을 익히며 살아왔다.

어렸을 때부터 스승에 대한 묘한 반감이 있었고, 심지어 철혈성주는 유일하게 진조월에게 만큼은 직접적인 가르침을 주지 않았다.

물론 그 이전에 진조월은 정명하고 순후한 정종의 무학보다 거칠고 파괴적인 마도 무학에 큰 매력을 느꼈었다.

자신의 심약한 성격을 조금이라도 단련시키기 위한 방편이었는지도 모른다.

하지만 이 광야종이라는 힘은 여느 무학보다도 거칠다. 오로지 사람을 죽이고 존재의 파괴를 위해 달려가는 마도의 무학보다도 거칠었다. 거친 것을 넘어 파멸적이라 해야 옳았다.

파괴력의 문제가 아닌 기질이 그러하다.

그는 문득 전대 오왕의 말을 상기했다.


"광야종의 광기 어린 기세는 칠왕종(七王宗)의 무도 중 학살의 신이라는 전왕(戰王)의 근본인 전륜종(轉輪宗)보다도 앞서네. 단순히 기세만으로도 적을 살상하는

것이 가능한 살기 무공의 정화라 할 수 있지. 하지만 전
륜종은 초중반에 거쳐 익히는 것이 어려워 그렇지, 일단
일정 이상의 경지를 밟은 이후에는 주인의 말에 순종하
는 안전함이 있네. 광야종은 달라. 설령 대성을 한다 하
더라도 주인의 의지에서 벗어나 버리는 고약함이 있네.
그래서 필요 이상으로 잔인하고 필요 이상으로 과한 손
속이 나오는 게지. 잘 다스린다면 이보다도 매력적인 힘
이 없지만, 제대로 고삐를 묶지 않는다면 적아의 구분
없는 무차별 살육이 벌어지게 돼. 다짐하고 또 다짐하
게. 광야종이라는 마수(魔獸)를 함부로 풀어 주면 그
영역에 있는 모든 존재들의 소멸만이 있을 뿐이네. 자신
만의 무기로 사용하느냐, 세상을 적으로 돌리냐는 전적
으로 자네의 역량 문제야. 부디 함부로 사용하지 말되,
필요할 때 쓴다 하더라도 정신을 확실하게 차려야만 할
것이네.”

　얼마나 광기에 찬 무학이기에 그런 소리를 하나
싶었던 진조월도 광야종을 익히면서 깨닫게 되었
다.
　이건 정말 함부로 내보일 만한 힘이 아니었다.

꺼내는 순간 주변이 초토화가 될 것이다.

진조월의 입이 열렸다.

"나름 다스릴 줄은 알지만, 아직 대성하진 못했소."

천하의 광야종을 다스리면서도 아직 대성하지 못했다 함은, 어느 영역의 벽 하나만 넘는다면 곧 대성할 수 있다는 뜻과도 같다.

백성곡은 나직이 감탄했다.

"정녕 자네는 날 놀라게 하는군. 좋네. 어디 한 번 자네의 광야종을 내게 보여 주게. 설혹 벗어나게 되더라도, 내 자네의 광야종 정도라면 다독일 자신은 있네."

분명 백성곡은 그럴 힘이 있을 것이다.

진조월은 천천히 주먹을 풀었다.

그는 문득 긴장감과 흥분이 동시에 솟구치는 걸 느꼈다.

과거가 어쨌든 현재가 어쨌든, 이처럼 엄청난 강자와의 대무(對武)란 배우는 것이 많을 수밖에 없다.

진조월도 어린 나이부터 무학에 몸을 실은 무인

으로서 강자와의 대결에서 흥분하는 천연 투사였다.

순간 진조월의 눈동자가 번쩍이는 빛을 토해 냈다.

항상 차가웠던 그의 눈동자가 광야종의 힘을 풀어내는 순간 붉게 달아오른다. 세상에서 가장 두껍고 차가운 얼음으로 세상을 대했던 그의 눈은 광기에 가까운 열기를 품고 있었다.

용암이 이러할까. 시커먼 동공이 피처럼 붉게 물든다.

백성곡은 고개를 끄덕였다.

'제대로 익혔다. 과거 오왕에 비해 약간의 손색이 있을 뿐, 밟아 가는 과정은 파격적이긴 하나 올바른 수순이야. 조금만 끌어 주면 빠르게 대성에 이를 수 있을 것이다.'

그렇다고 전대 오왕의 무력보다 크게 뒤떨어진다고도 할 수 없는 것이, 광야종에 대한 이해도라면 오왕이 훨씬 뛰어나겠지만, 진조월은 광야종 외에 사라졌던 마도의 전설적인 공부들도 이은 남자가 아니던가.

순수한 투쟁력으로 따지자면 전대 오왕과 별 차이는 없을 것이다.

거기에 광야종까지 대성을 한다면?

백성곡은 등허리를 타고 오르는 소름을 느꼈다.

'가히 천고의 기재다. 이토록 빠르게 광야종을 익혀 나가?'

진조월의 무도에 대한 재능이 뛰어난 이유도 있을 테지만, 아주 어릴 적부터 익힌 마도 무학 덕분이기도 할 것이다.

백성곡은 한눈에 그의 기질과 무도의 깊이, 어떤 방법으로 공방을 펼치는지, 어느 영역에 무게를 두는 성격인지도 볼 수 있었다. 칠왕수좌라는 이름이 괜히 붙은 것은 아니었다.

당장 백성곡이 강호에 나가 제대로 무력을 해방시킨다면 최소 천하에서 열 손가락 안에 드는 고수라는 명성을 들을 수 있을 것이다.

그런 고수와 간단하게나마 손속을 나누는 것이다.

진조월이 필요 이상으로 흥분한 것 그 때문이었다.

"간단하게 주먹질이나 몇 번 해볼까?"

"좋소."

고요한 후원, 조금 전만 해도 은은한 경치와 고아한 분위기로 가득했던 이곳에 순식간에 살기와 투기가 난무한다.

그러나 그런 강렬한 기세들은 어느 한계 이상을 벗어나지 못했다. 백성곡의 강대한 공간 점유력으로 쓸데없는 기세가 빠져나가는 걸 통제했기 때문이다. 그것 하나만 봐도 백성곡의 무력은 이미 신인(神人)의 경지에 달했다고 볼 수 있겠다.

하늘 높은 곳에서 두 사람의 대치를 바라보는 달빛은 조금씩, 조금씩 구름을 가져와 이불 덮듯 덮는다.

먼저 움직인 것은 진조월이었다.

바닥을 박차도 소리가 없다.

마치 유령이 움직이는 듯했다.

이전과는 달리 자신의 힘을 깊게 통제하는 것이다.

광야종의 모든 것을 해방한 채로 공격을 감행한다면 후원이 박살 나는 건 둘째 치고, 당장 자고 있는 사람들에게 살기의 여파가 전해질 것이며, 수준이 낮은 무인들에게는 정신적으로 지극한 피해가 갈 것이다.

진조월의 주먹이 일자로 치고 나갔다.

세상에 가득했던 기와 공기가 깜짝 놀라 부르르 떨다가 사방으로 흩어진다.

평범한 주먹질이었지만, 가장 완벽한 일권(一拳)이기도 했다.

별 힘도 들이지 않은 주먹으로 보이나 가격을 당하는 순간 최소 사망에 이를 수 있는 강격이었다.

백성곡은 감탄 어린 미소를 지으며 왼손으로 가볍게 진조월의 주먹을 눌렀다.

진조월의 눈동자에 희미한 떨림이 보였다.

기세를 갈무리한 채 빠르지도, 느리지도 않은 주먹을 뻗었지만, 단순한 이 주먹질 안에는 그동안 진조월이 깨우치고 터득한 무도(武道)의 정수가 담겨 있다. 그걸 손을 뻗어 간단하게 눌러 버린 것이다.

같은 수준의 고수라도 비슷한 강격을 뻗거나 아

니면 피해야 정상일 주먹이었다.

새삼 백성곡의 몸에 새겨진 무학의 깊이가 대단하다는 걸 알 수 있었다.

진조월은 크게 실망하지 않고 다시 발을 뻗었다.

백성곡의 우측 옆구리를 노리는 각법(脚法)이었다.

이 또한 이전에 펼쳤던 일권과 같아 피하기도, 막기도 어려운 일격이었다. 그러나 이번 역시 백성곡은 너무나도 부드러운 손놀림 한 번으로 진조월의 발길질을 무위로 돌려 버렸다.

그때부터 진조월의 공격이 확연히 빨라졌다.

흔히들 권법의 대가(大家)라 하면, 단순히 주먹질만 할 수 있음을 말하는 게 아니다.

주먹과 다리, 무릎과 팔꿈치, 머리와 어깨, 몸통까지 온몸의 모든 부위를 다 사용하면서도 기세의 발현은 장중하고, 뜻이 이는 순간 마음이 도달하여 이미 형(形)을 이루게 되는, 최고급의 무도를 편안히 내지르고 거둘 수 있음을 말한다.

진조월의 권법은 능히 그 모든 것을 충족시키고

도 남음이 있었다.

심지어 광야종이라는 거친 힘을 갈무리한 투술(鬪術)의 형태는 자유로우며 동시에 웅장하니, 강호에 사는 무사들이 꿈에서도 그리워하는 경지를 그리고 있다 할 수 있는 것이다.

그런 진조월의 모든 공격을 백성곡은 힘들이지 않고도 다 받아 내고 있었다.

그간 세월을 살아오며 익힌 무공의 성질이 거칠고 파괴적이며 공격 일변도를 지향하는지라 진조월의 움직임은 가장 간단하면서도 가장 빠르고 가장 완벽한 살해 형태를 띠고 있었다.

거기에 전장에서 얻은 피 튀기는 실전의 경험은 그의 무공을 극단적으로 바꾸어 놓았다.

백성곡은 그렇지 않다.

시종일관 부드럽다.

주먹 한 번 쥐지 않고 한 손으로 진조월의 공격들을 모조리 흘려보내 버린다. 전투의 왕이라는 별호를 달고 있는 그와는 도통 어울리지 않는 무학이었다.

그러나 진조월은 깨닫고 있었다.

백성곡의 너무나도 간단하게 보이는 손짓에는 항거할 수 없는 거력이 담겨 있다.

한 수, 한 수가 파격적이고 강력하기 짝이 없다.

겉으로 보기에는 물처럼 부드럽지만, 몸에 닿으면 체내부터 초토화가 되는 끔찍한 힘이 있다.

실제로 진조월의 파격적인 공격 수단들은 내포된 힘도 무자비할 정도인데, 백성곡의 손에 닿기만 하면 뿔뿔이 흩어지고 있었다.

진조월은 진정 감탄할 수밖에 없었다.

'대단하다.'

도달한 경지의 높이가 높을수록 한 수의 차이는 그야말로 간극을 메우기 어려운 차이라 할 수 있을 터.

말 그대로 하늘과 땅 차이.

오를수록 힘에 겹고 어려운 것은 비단 산만이 아닌 것이다.

무도라는 영역 역시 초반에는 빠르게 성장하다가도 일정 이상의 영역을 구축하면 그 벽을 깨기 위한 엄청난 노력이 필요하다.

그래서 고수일수록 이 차이는 크다.

백성곡은 진조월보다 최소 몇 수 이상은 강한 강자였으니, 진조월이 이토록 고전하는 것도 무리가 아니다.

그 몇 수를 메우기 위해선 그동안 노력했던 모든 무도의 총합보다도 훨씬 어렵고 높은 깨달음을 필요로 하니 당장 내일이 될지, 십 년 후가 되어 도달할지 모르는 법이다.

어쩌면 평생 제자리걸음을 하게 될 수도 있다.

하지만 진조월은 가슴 가득 들어차는 호승심을 느꼈다.

자신의 모든 역량을 총동원해도 어찌할 수 없는 상대가 앞에 있다 함은 비단 절망만 하게 되는 상황이 아니다.

진조월은 강호에 재차 출두한 이후로 극한의 집중력을 발휘하여 모든 깨달음이 녹여진 공격들로 백성곡을 압박했다.

점점 거칠어지는 주먹질.

점점 스산해지는 기세.

그리고 점점 붉어지는 그의 눈동자.

달의 음기(陰氣) 아래 광야종이 달아오르고 있었다.

처음에는 평범해 보였던 그의 공격들이 이제는 너무 빨라서 육안으로는 오히려 느려 보일 정도의 광기를 보여 주었다.

공격을 받아 낼 때마다 감탄했던 백성곡의 표정도 점점 굳어져만 갔다.

진조월의 공격은 충분히 무서웠지만, 그의 입장에서 보면 막아 내거나 흘려 내지 못할 정도는 아니었다.

즉, 그의 표정이 굳어진 것은 진조월의 공격이 매섭다거나 감당할 수 없어서가 아니었다.

'무시무시하군.'

기질.

기세의 발현이 소름끼치도록 짙다.

달빛의 음기를 받아 달아오르기 시작한 광야종도 광야종이지만, 그 힘을 받아들여 내치는 진조월의 공격들은 스치기만 해도 쓰러져 버릴 고약함이 있다.

백성곡의 끝을 모르는 광대한 힘으로 그들 사이

의 소음과 기세를 막아 가고 있었지만, 더 진지해지지 않으면 기막(氣幕)이 깨져 버리고 말 것이다.

파괴력의 문제가 아닌 기세의 문제.

진조월의 기세는 아무리 생각해도 지나치게 파격적이었다.

일류라 불릴 만한 무사라 할지라도 그의 진짜배기 살기를 대한다면 그 자리에서 피를 토하고 사경을 헤매리라.

살기만으로 사람을 죽일 수 있는 경지인 것이다.

백성곡의 눈이 안타까움으로 젖었다.

'얼마나 많은 전쟁과 전투로 살기를 제련했으면 이처럼 끔찍한 살기가 나온단 말인가. 오상검문의 파멸을 목도한 이후 짐작은 했다만, 예상보다 더하다. 자칫하면 살기에 휘둘려 심마(心魔)에 들 수도 있겠구나.'

수많은 아수라장을 겪고 살아난다면, 무인은 강해질 수밖에 없다.

한데 진조월의 살기는 평균적으로 생각하는 수

준을 한참이나 넘어섰다. 지옥에서 갓 기어 올라
온 야차를 보는 것 같았다.

이윽고 백성곡의 양손이 활짝 펴졌다.

기막 안에서 펼쳐지는 두 절대고수의 공방전이
일순간 멈추었다.

그것은 투왕이라 불리는 무인의 기세발현으로
인한 강제(强制)였다.

진조월의 얼굴이 떨려 왔다.

다시 한차례 주먹을 뻗으려던 그의 몸도 멈추었
다.

광야종의 폭주하는 힘은 물론이거니와, 그동안
익히고 깨달은 체내의 모든 기운이 정지한다.

백성곡은 위엄 어린 표정으로 양손을 뻗어 낼
뿐이었다.


**공간을 장악하여 전투의 장을 만들고, 그 안에서 광
란의 춤사위를 추니 그의 손아래에서 패하지 않을 자,
단 한 명도 존재하지 않으리라.**


오왕이 광야종을 이었고, 전왕이 전륜종을 이었

다면, 백성곡, 투왕의 근본은 투신종(鬪神宗)이라 하여 가히 투신의 재래라 하였다.

투신의 다독임에 들끓기 시작하던 진조월의 광야종도 수그러들었다.

나름 놀라운 경험이라면 놀라운 경험이었다.

진조월은 살짝 호흡을 골랐다.

남들이 보았다면 그저 장난하는 것처럼 보일 수도 있었던 공방이지만, 그야말로 최선을 다한 일전이었다.

마치 거대한 바위를 등에 메고 삼 일 동안 달린 것처럼 온몸에 힘이 쭉 빠졌다.

백성곡은 빙긋 웃었다.

"해가 지나 서른의 나이, 그만한 경지라면 정녕 믿을 수 없는 경지라 할 수 있을 테지. 감탄했네."

"아직 한참 멀었소."

"그런 말하지 말게. 자네 나이에 그와 같은 경지에 오른 자, 무림 역사를 뒤져도 세 손가락 안에 꼽힐 걸세. 실제로 있는지조차 의문이군."

"위로가 되진 않소."

"위로하려는 말 아닐세. 내 진심이야. 하지만 자네의 무학에는 손볼 곳이 참 많구먼."

진조월의 눈이 빛났다. 백성곡 정도의 고수가 문제가 있다 함은 분명 새겨들을 만한 일이다.

백성곡의 담담한 말이 이어졌다.

"광야종은 살기를 먹고 크는 맹수와 같아서, 생사가 걸린 싸움에서 성장하는 실전형 무학일세. 그래서 과한 살기로 상대를 기세부터 꺾는 것이지. 자네가 그 나이에 이처럼 광야종을 빠르게 익힐 수 있었던 것은 그간 익혔던 무학의 성격도 한 몫 했겠지만, 그 이전에 엄청나게 많았던 실전과 피가 난무하는 전장 때문일 이유가 가장 크다 할수 있지. 어지간한 아수라장으로도 광야종을 이렇게까지 달구어 놓을 수는 없어. 필시 지옥을 경험했을 테지?"

진조월은 말하지 않았다.

굳이 말하지 않아도 백성곡은 모든 것을 꿰뚫어 보고 있었다.

"투로나 형(形), 즉, 움직임에서 지적할 만한 것은 없네. 이미 형태의 영역을 벗어나 유형(有

形)에서 무형(無形)으로 진화하였으니, 그것은 자네 정도의 경지라면 당연한 일이기도 하지. 문제는 기세의 발현에 있네."

"기세의 발현."

"광야종은 성취가 높을수록 살기가 진하고 강해지는 무학이야. 전대 오왕은 평소에 군자와 같았지만, 전투가 벌어지면 전장 그 자체를 지배하는 미친 야수와 같았네. 그 파멸적인 살기는 자신보다 한 수 위의 고수조차 공포를 느끼게 하여 내부부터 무너트리는 흉악함이 있었어. 하지만 전대 오왕이 진짜로 대단했던 부분이 거기에 있네. 고금에서 찾기 힘든 무신(武神)이라 할지라도 당시 오왕이 이룬 광야종을 제대로 다스리긴 힘들었을 터. 그는 오로지 정신력 하나로 사람으로서의 자신과, 무인으로서의 자신을 명확하게 구분 지을 수 있었네. 깨달음 높은 고승(高僧)이나 도(道)에 이른 진인(眞人)이라 할지라도 버거웠을 심마(心魔)를 자유자재로 휘둘렀으니, 그는 필경 칠왕들 중에서도 가장 강인한 정신력의 소유자였을 걸세."

진조월은 전대 오왕을 생각했다.

영혼이 고통 받을 것을 감수하면서도 자신의 모든 것을 건네준 사람.

그 대법의 고통이란 사람의 언어로도 글로도 표현할 수 없을 정도로 깊어 고통만으로도 죽을 수 있다는 최악의 대법이기도 했다.

오왕은 단 한 번도 눈살을 찌푸리지 않은 채 자신에게 모든 힘을 건네주었다.

가히 지옥의 고통을 겪었을 것이 분명하거늘, 그는 한 방울의 땀도 흘리지 않았다.

생사를 초월한 정신력. 무자비한 고통에서도 자유로울 수 있는 신념. 오왕은 강철처럼 단단한 무사였던 것이다.

백성곡의 얼굴이 살짝 굳어졌다.

"문제는…… 오왕과 자네의 차이일세."

"차이?"

"어떤 공부를 체득하느냐에 따라 사람의 성격이 바뀔 수 있지만, 어쨌든 그 공부를 휘두르는 것은 사람일세. 사람의 성격에 따라 공부의 방향도 달라질 수 있는 것이야. 한데 자네의 살기는 이미 광야종을 대성에 이르도록 단련시켰던 오왕보다도 오히려 한 수 위야. 만약 마을 한 곳에 떨어져서 자네가 마음먹고 모든 살기를 개방한다면 주변에 사는 범부들은 죄다 피를 토하고 절명할 걸세. 누군가를 죽이겠다는 마음[殺心]에 기세를 담아 발산만 해도 사람이 죽는다는 뜻이야. 그런 자네가 광야종을 대성에 이르도록 익힌다면 그 살기의 파급력이 어느 정도까지 나아갈지 상상조차 할 수 없네."

진조월의 얼굴도 굳어졌다.

확실히 자신의 살기가 남들과 다름은 알고 있었다. 평범한 사람이었다면 이 정도 살기를 담은 채 생활조차 할 수 없다. 진즉 무차별로 사람을 죽여가는 살인마가 되었거나 아니면 미쳐서 제정신을 유지하지 못했으리라.

하지만 그는 누구보다 명확하게 세상을 인지할 수 있다.

이토록 깊은 한을 가진 채로도 멀쩡하게 살아가고 있는 것이다.

진조월은 자신도 강철로 만든 성벽처럼 단단한

정신력의 소유자라며 자신감은 가졌지만, 그렇다고 백성곡이 말한 것처럼 대단하다고는 여기기 힘들었다.

"뭔가가 자네의 상단전(上丹田), 즉, 정신을 보호하고 있다는 느낌이 강해. 직접적으로 보기 어렵지만, 그것이 아니라면 설명될 수가 없네. 진짜 문제는 여기서부터 출발이야. 지금 당장이라면 어떻게든 버틸 수 있지만, 광야종을 익혀 가며 살기의 농도가 올라가게 되면, 자네의 상단전으로도 버틸 수 없을 걸세. 지금도 이 정도이거늘, 대성에 이르도록 익힌다면 광야종의 살기는 강호 무림 역사 이래 찾아볼 수 없을 정도로 거세지게 될 것이 자명하네. 적과 아군의 피해는 문제가 될 것도 없이 이미 자네 스스로가 미친다는 뜻이야."

상단전이 버틸 수 없다 함은, 결국 파멸로 향한다는 뜻이다.

차라리 육신이 죽어 이승에서의 소멸이 된다면 모르되, 상단전이 파괴되면 미쳐서 날뛸 가능성이 더 높다. 자아를 잃은 망령처럼, 오로지 살육만을 아는 무차별 살인귀가 되어 버린다는 것이다.

죽는 것만 못하게 된다.

백성곡은 가볍게 한숨을 쉬었다.

"자네에게는 두 가지 길이 있네. 말하지 않아도 깨달았겠지?"

진조월은 작게 고개를 끄덕였다.

두 가지의 길은 가장 단순하지만, 내용만으로는 단순할 수 없는 부분이었다.

'광야종을 더 깊게 익히지 않든지, 아니면 내 스스로 살기를 줄이기 위해 모종의 조치를 취하든지.'

어느 것 하나 선택하기 어렵다.

광야종을 더 깊게 익히지 않는다는 것은 그냥 결정한다고 되는 문제는 아니었다.

이미 한 번 익히기 시작한 광란의 무학은 자신도 모르게 커 가게 될 것이고, 자제한다 해도 어느 순간 천천히, 천천히 성취가 오르게 된다.

그것을 통제하는 것도 극한의 심력을 소모할 것이다.

만약 전투 중이라면 광야종을 신경 쓰느라 치명적인 위협을 맞이하게 된다.

살기를 줄이기 위한 모종의 조치? 그건 더 어렵다.

말 그대로 자기 수양을 쌓으라는 것인데, 진조월에게 살기를 포기한다는 뜻은 결국 한(恨)을 잊으라는 뜻과도 같다.

여기까지 오기 위해 만든 원동력을 버려라. 한을 버리고 살기를 버려라.

즉, 철혈성주에 대한 원한마저도 감소시키라는 뜻이었다.

'절대 그럴 수 없다.'

애초에 되지도 않고 용서하고 싶은 생각도 없지만, 설혹 가능하다 하더라도 진조월 스스로가 거부할 것이다.

그는 세상 전부를 불태우더라도 철혈성주의 최후만큼은 반드시 자신의 손으로 이룰 것을 하늘에, 땅에, 그리고 스스로에게 맹세했다.

마음을 편안케 하는 불가심공(佛家心功)이나 도교수신경(道敎修身經)이라도 읽을 텐가?

차라리 그 시간에 주먹질이라도 한 번 더해서 강해지는 게 낫다고 생각하는 사람이 진조월이었다.

하지만 이렇게 간다면 파멸은 정해진 수순일 터.

참으로 고민되는 문제였다.

애초에 무도의 경지가 낮았다면 모를까, 이미 절대적인 영역을 구축하고 있는 무인의 문제이기에 훨씬 어려워질 수밖에 없고, 문제를 해결할 수 있는 폭도 좁아진다.

하나를 포기한다면 모든 것이 잘될 수 있을 가능성이라도 생기지만, 진조월은 그 무엇도 포기할 수 없어 스스로 진퇴양난(進退兩難)의 상황에 빠지도록 만들어 갔다는 걸 알았다.

그는 가만히 하늘을 올려다보았다.

천천히 움직이는 구름 사이로 반쯤 얼굴을 드러낸 달빛이 환하게 웃고 있었다. 그의 차가운 눈동자 사이로도 초승달의 광채가 스며든다.

누구보다도 차갑고 누구보다도 오만했던 그의 두 눈에 얼핏 서글픈 감정이 맴돌았다.

백성곡은 빤히 보았지만 모른 체해 주었다.

다독여야 할 때가 있고, 놔두어야 할 때가 따로

있다는 걸 경험 많은 백성곡이 모를 리 없다.

진조월이 고개를 내리며 한숨을 쉬었다.

"가르침, 고마웠소."

백성곡이 껄껄 웃었다.

"가르침이랄 게 있는가. 부디 자신만의 길을 공고히 하여 좋은 깨달음 얻길 기원하겠네."

진조월은 가만히 예를 취했다.

알고 있었지만 애써 외면해 왔던, 실제로 중요하게 생각하지 않았던 문제가 수면 위로 떠올라 부각되고, 그것이 얼마나 중요한 것이었는지 깨닫게 된 사람으로사의 감사였다.

그렇게 후원 달빛 아래서의 짧고 격렬했던 고도의 비무가 끝을 맺었다.


그리고 시간은 흘러.

서호신가의 소가주인 신의성의 혼인식이 치러졌다.

기품 있는 선비와도 같은 모습의 신의성과, 차분하고 단아한 모습의 신부는 천생 배필이라는 말이 어울렸다.

모두의 축하 속에서 둘은 아름다운 혼례를 마칠 수 있었다.

축하는 축하로써 끝을 맺는다.

이제는 보이지 않는 전쟁의 시작, 한때 만월지란을 일으켰던 왕들과 그들을 후원했던 이들이 암중에서 빠르게 움직일 시간이었다.

그때를 기점으로 양지의 정보 단체는 누구도 눈치채지 못할 급박한 움직임을 보였다.

하지만 그것이 수면 위로 떠오르는 일은 없었고, 천하는 유난히 조용하였다.

폭풍전야(暴風前夜)의 고요함은 기분 나쁘도록 흘렀다.

4.

오왕출전(烏王出戰)(1)

제영정은 이를 악물고 참고, 여설옥 역시 눈을 번뜩이며 정면을 쏘아보았지만 본능적으로 스며드는 공포심을 참아 내기 어려워 보였다.

자그마한 탁자와 그 위에 모락모락 피어오르는 차를 사이에 두고 대치한 총 네 명의 인물들.

여설옥은 아미를 살짝 찌푸렸다.

이렇게 편안한 자리에서 볼 수 있는 인물들이라고는 상상도 못했다. 그나마 진조월을 봐서 함께한다 하였지만, 정작 진조월은 상상도 못했던 인물들과 동행하고 있었다.

한때 단 일곱이서 천하제일세라 불리는 철혈성의 전력 삼 할을 소멸시켰던 무자비한 인물들.

절대적인 무력을 자랑한다 해도 단 일곱이서 삼천이 넘어가는 병력의 철혈성과 대적한다 함은 어불성설(語不成說)이며, 당랑거철(螳螂拒轍)임이 분명하거늘, 일곱 사마귀들의 발길질에 수레의 바퀴가 동강이 나 버렸다.

칠 년 전의 전설을 만들었던 왕들 중 두 명이 여설옥과 제영정의 앞에 앉아 있었다.

한 명은 무림의 명문가(名文家)인 사천당가(四川唐家)에서 태어나 고인의 절기를 하사받은 이후 정협(正俠)의 명성을 쌓았던 인물이었고, 다른 한 명은 음지에서 살다가 갑작스레 등장하여 태산 같은 위엄으로 성내 고수들을 무차별로 격파했던 신진고수였다.

실제로 전쟁에 직접 참여하지 아니했던 두 사람이지만, 아무리 적이라 한들 그 전설과도 같은 전쟁의 주도자들을 마주하는 것만으로도 그들은 떨리는 가슴을 주체하지 못했다.

손짓 한 번에 하늘에서 불덩이를 우박처럼 내리

게 만든다는 초월적인 무적자.

화신(火神)의 강림(降臨), 당무환의 호안(虎眼)이 두 젊은 고수들을 쏘아보았다.

그 눈빛에 서린 강렬한 위압감은 무공 몇 수 익혔다고 버틸 수 있을 법한 기세가 아니었다.

뿐이랴. 패천(覇天)에 광군(狂君)이라는 별호로도 불리는 초나라 항우의 재림도 있었다.

서생처럼 보이지만, 주먹을 쥐는 순간 산 하나를 허물어트린다는 괴력의 무적자.

단기중은 심연과도 같이 담담한 눈으로 그들을 바라보았지만, 그의 눈동자 깊은 곳에는 용암처럼 이글거리는 패기가 들끓고 있었다.

진실을 마주한다는 것.

적과 아군의 구분은 물론, 인간이 가지는 감정 속에서 조금이라도 자유롭지 않으면 보이지 않는 것이 진실이라는 열매다.

하지만 나이의 많고 적음을 떠나 한때나마 적으로 인식했던 자들과 차 한잔한다는 게 편할 수도 없는 게 사실이다.

진조월의 경우와는 조금 다르다 할 수 있겠다.

먼저 입을 연 것은 당무환이었다.

"철혈성주의 제자는 오왕 그 사람을 제외하고 여섯이니, 첫째는 오 년이 지나면 천명을 알 나이 이고, 둘째는 불혹(不惑)을 조금 넘겼으며, 셋째 는 오왕과 동갑이라 들었다. 하면 둘은 여섯 제자 중 넷째와 다섯째일 확률이 높을 것이니, 소저의 이름은 여설옥이 분명하고, 소협의 이름은 제영정 이겠군."

제영정의 눈에 이채가 뜨였고 여설옥 역시 눈을 빛냈다.

철혈성의 대소사(大小事)는 물론, 그 세력 안에 어떤 고수들이 운집해 있는지, 어떤 조직으로 나 뉘는지, 조직들이 각자 무슨 역할을 맡는지까지 그들은 모두 알고 있었다.

철혈성주의 야망을 격파하기 위해서는 당연히 그가 주인으로 있는 철혈성에 대해서도 정통해야 하며 성주가 가르친 제자들의 신상을 아는 건, 당 연하다고 할 수 있겠다.

하지만 강호의 경험이 많지 않은 두 사람은 가 슴이 시리다.

절대고수라 할 수 있는 왕들은 자신들의 이름까지 알고 있다.

무림에서 만났다면 적이라 한들 우쭐한 마음이 생겼을 수도 있었을 터, 작금의 상황에서 그들은 우쭐함보다 서늘함을 느꼈다.

'모든 것을 다 알고 있어……'

어떻게 알았을까? 는 둘째였다.

암담하기까지 하다.

두 명의 절대고수 앞에서 두 명의 후기지수들은 맨몸으로 서 있는 듯한 착각이 일었다.

무력으로도, 경험으로도, 정보력으로도 비할 수가 없다. 과연 이미 반선(半仙)이라고까지 불리는 스승과 대적하는 자들답다는 생각이 든다.

제영정이 입을 열기 전에 여설옥은 고개를 끄덕였다.

"맞아요. 내가 여설옥이고 이 아이가 제영정이라고 해요."

말투가 사뭇 격정적이다.

상대의 기세에 굴복하지 않기 위한 방편이었을지도 모르겠지만, 그걸 듣는 단기중은 배알이 뒤

틀렸다.

그는 속으로 철혈성주를 씹어 댔다.

'어째 철혈성주 그 인간은 제자들을 받아도 다 예의 없는 것들만 이렇게 받았는지 모르겠어.'

이해는 갔다.

적이었던 사람과 대화를 하는데, 예의까지 다 차려 가면서 대화하긴 어려울 것이다. 하지만 이성과 감성이 항상 같은 노선으로 달리지는 않는 것이고, 그래서 단기중은 울화가 치밀었다.

그래도 나름 사건의 진상을 파헤치기 위해서 왔다면 적아를 떠나 선배 대접은 해 줘야 정상 아니던가.

그는 고개를 돌려 창밖으로 시선을 주었다.

마음을 다스리지 않으면 냅다 얼굴을 올려붙일 것 같아서 그는 속으로 도덕경(道德經)을 외웠다. 그에게 버릇없는 놈은 진조월 한 명만으로도 충분했다.

당무환은 굳이 그런 소소한 것까지는 신경 쓰지 않았다.

이전부터 원체 진조월에게 단련이 되어서 그런

지 그는 상대가 예의가 있든 없든 본심부터 파악하기를 선호했다.

"단도직입적으로 묻겠네. 무슨 목적으로 오왕을 따라왔는가?"

제영정은 비교할 수 없을 정도의 고수를 앞에 두어 긴장했지만, 동시에 화가 치미는 걸 느꼈다.

'그 사람의 이름은 진조월이지, 오왕이 아니란 말입니다!'

진조월은 진조월일 뿐이다. 무차별한 학살로 광기의 신이라는 칭호를 받은 오왕 따위가 아니다.

제영정은 그렇게 생각했고 곧이어 놀라 버렸다. 자신이 왜 이런 자질구레한 것 때문에 화가 나는지 몰라서 그는 당황했다.

여설옥은 천천히 입을 열었다.

"진실을 보기 위해서 진 사형을 따라왔어요."

"진실을 보겠다?"

의미심장한 말이었고, 언뜻 이해하기도 쉽지 않은 말이었다.

그러나 철혈성주의 야망이 어떤 것인지, 그간 철혈성이 암중으로 무슨 짓을 했는지 전부 꿰차고 있었던 당무환과 단기중이었기에 여설옥이 하는 말을 정확하게 알아들을 수 있었다.

진실. 세상에서 몇 안 되는 완전(完全)의 상징이자 가장 달콤한 열매. 동시에 가장 뼈아프기도 가장 잔인하기도 한 단어.

당무환의 호안에 언뜻 차가운 기가 맴돌았다.

"하면 지금까지 자네들이 알고 있었던 모든 걸 버리고 어떤 일이 일어났는지, 왜 오왕이 여기서 우리와 함께하고 있는지 알고 싶다는 이야긴가?"

"그것도 그렇지만, 단순히 그런 문제도 아니에요. 진 사형이 제 사제에게 말했다고 하더군요. 자신의 눈으로 보지 않은 것은 아무리 신빙성 있는 소문이라 하더라도 믿지 말라고. 우리는 그 말의 의미를 떠올리고 이내 판단을 내렸어요. 그의 말대로 직접 우리 눈으로 보겠어요. 하지만 당장 우리는 힘이 없죠."

여설옥은 가만히 이를 악물다가 고개를 푹 숙였다.

"그래서 진 사형을 따랐어요. 우리가 믿고 있던 철혈성의 역사와 정당함을 거부한 채 대립하고 있는 사람이 진 사형이니까, 사형과 함께 지내며 도움을 받고자 해요."

인정할 것은 확실하게 인정하는 배포가 있다.

당무환은 여전히 표정 변화가 없었지만 속으로 감탄했다.

'심성의 문제를 떠나 이만한 제자를 두었다니. 철혈성주, 당신은 도대체 어쩌려고 그런 얼토당토 않는 야망을 품었단 말이던가.'

스물이 넘은 나이는 충분히 성인으로 차고 넘치는 나이지만, 그만큼 혈기가 치솟는 나이이기도 하다.

특히나 자부심으로 먹고 사는 무인들에게 이십 대의 혈기란 멈출 수 없는 화살과도 같은 바, 쏘아진 화살을 제 손으로 잡아 꺾을 수 있다는 건 옳고 그름을 떠나 칭찬받아 마땅할 일이다.

단기중도 제법 뜻밖이었던 듯 살짝 가느다란 눈으로 여설옥을 바라보았다.

그는 씁쓸하게 웃었다.

'나이에 비해 놀라운 성취다. 한데도 심성은 그리 비뚤어지지도 않았으니, 혼란으로 갈피를 못

잡는 상태. 한때나마 적이었다는 게 아쉬울 정도
로군.'

훗날 자신에게도 제자라는 녀석이 생긴다면, 적
어도 이 정도의 제자는 받아야 할 것 같았다.

물론 그것은 생각일 뿐, 그렇다고 단기중이 여
설옥이나 제영정을 마냥 좋게 보는 것은 아니었
다.

아직까지는 그러했다.

당무환은 차를 한 모금 마셔 입을 헹구었다.

그는 굳이 자신의 진심을 숨기지 않았다.

"자네들이 무슨 생각으로 그러는지 알 수는 없
겠으나, 나름의 어려운 결정을 했다는 건 충분히
감탄을 받을 만한 일이야. 하지만 아직까지 많은
문제가 남아 있어. 그것이 어떤 것인지 자네들은
알고 있나?"

제영정은 고개를 끄덕였다.

"압니다. 쉽게 믿을 수 없다는 것. 나라도 그랬
을 것이니, 그에 대해 애석한 건 없습니다. 하지
만 우리는…….'

당무환은 피식 웃고, 단기중은 싸늘하게 식은

미소를 지었다.

그는 패기 넘치는 눈을 단 채 제영정의 말을 끊어 냈다.

"어이, 어린놈. 뭔가 착각하는 것 같은데. 그런 믿음이라는 단어 하나 때문에 우리가 너희들과 이런 자리를 만든 것 같으냐?"

제영정의 얼굴이 약간 당혹으로 물들었다.

"그게 무슨……?"

"여물지 못한 눈으로 세상을 보니 사건의 본질과 상황의 중심을 꿰뚫지 못하는 것이다. 오왕 그 녀석 유독 표정이 굳어 왜 그러나 싶었더니, 그놈이 답답해할 만한 녀석들이로군. 재능이 있어도 경험과 지혜가 모자라니 언제 써먹을 수 있을지 모르겠다."

단기중은 다시 고개를 홱 돌려 버렸다.

여설옥과 제영정 역시 단기중의 비꼬는 듯한 말투에 화는 났지만, 궁금증이 더 커서 아무런 말도 할 수 없었다.

그렇다면 왜 자신들을 찾아와 비싼 차까지 마시면서 얼굴을 마주하는 것일까?

당무환은 살짝 웃음을 거두었다.

그러자 오십 년을 넘도록 단련을 해 온 장인으로써의 위기(威氣)가 눈에 그득하여 차마 마주 보기 힘든 장엄함을 풍긴다.

일대종사(一大宗師)로서의 분위기였다.

그 압도적인 분위기 앞에 여설옥과 제영정은 침만 꼴깍 삼켰다.

"우리는 오왕을 믿는다. 전대 오왕의 힘을 부여받은 당금의 오왕을 우리는 믿는 것이야. 철혈성의 제자였지만, 그의 과거를 알고 결정적으로 전대 오왕의 안목을 믿으니 지금의 오왕도 믿을 수 있는 것이다. 그러한 오왕이 자네들을 데려왔다는 것은 무슨 의미인가? 오왕이 자네들을 충분히 믿을 만한 사람들이라 판단했기에 데려온 것이다. 믿기도 하거니와 오왕은 충분히 옥석(玉石)을 가릴 만한 눈이 있는 사람이다. 결국 오왕의 믿음을 우리는 존중하며 동시에 우리는 너희 둘을 이미 믿기로 마음먹었다. 우리 사이의 관계는 그 이외의 불순물을 용납하지 못한다."

여설옥과 제영정의 입이 쩍 벌어졌다.

당무환의 입가에 작은 미소가 어렸다.

"어린 친구들. 믿음이란 바로 그런 것이다. 아무리 거칠고 흉험한 강호라 하나, 무수한 사람들이 살아가는 동네이거늘 어찌 정이 없고 믿음이 없을까. 사람을 한 번 믿으면, 설령 내 등에 칼을 꽂아도 믿어야 하는 게야. 그로 인해 죽어도 웃으면서 죽을 수 있어야 하는 것이, 무인으로서 살아가는 우리의 진정한 신의(信義)라 생각한다."

아직은 어리고 경험이 많지 않은 여설옥과 제영정에게는 충격적인 내용의 말이었다.

더욱이 무공으로써도, 경험으로써도, 지혜로써도 까마득히 높은 곳에 도달하여 여느 구도자(求道者)보다 밝은 눈을 갖게 된 당무환의 말이었기에, 그들이 느끼는 충격은 클 수밖에 없었다.

삶의 지혜였고 배움이었다.

동시에 믿음에 대한 고찰이 강인하게 묻어 나오는 발언이어서 항거할 수 없는 강제력까지 갖추게 된다.

단기중은 여전히 창밖을 바라보았고 당무환은 표정을 풀고 말했다.

"오왕이 너희를 믿으니, 우리도 너희를 믿겠다. 진짜 믿음이란 바로 이런 것이다."

울컥 무언가가 올라오는 감정에 제영정은 말을 잇지 못했고, 여설옥은 가만히 입술을 깨물었다.

'진 사형은 이런 사람들과 함께⋯⋯.'

너무도 간단해 보이는 내용이었다.

상대방을 믿으니, 상대방이 믿는 이조차 믿는다. 어이가 없어서 코웃음조차 나오지 않는 발언이 아닌가.

그러나 그들은 코웃음이 아닌 감동을 받아야 했다.

언제나 이치는 가장 단순한 곳에 있는 법.

하지만 어지러운 세상에서 이치를 세우기 위해서는 무수한 시련과 절망을 헤치고 나올 만한 역량과 배포가 중요한 법이다.

흔히들 생각하는 단순한 믿음이 아니다.

나에게 칼을 꽂아도, 나의 생명을 해하여도 상대를 믿는 것이다.

믿음 그 자체에 어떠한 불순물도 끼어 있지 않은, 불꽃과도 같은 영롱한 믿음이 왕들 사이에는 있었다.

부모와 자식 간이라 해도 이렇게 믿을 수 있을
까. 제영정은 머리의 한 부분이 산산이 쪼개지는
느낌에 몸을 떨었다. 아득해진다.

'나는 어찌하여……'

그는 문득 강호에 나서기 전 대사형과의 대화를
떠올렸다.

"붙잡아도 떠날 것 같구나."

"그렇습니다. 저는 반드시 사문의 배덕자를 처벌하고
성의 기강을 바로 세우겠습니다."

"기강을 바로 세우겠다……. 막아도 막을 수 없다면
별 수 없겠지. 여 사매와 함께 출도하는 데에 동의하겠
다."

"감사합니다."

"제 사제. 가기 전에 한 가지는 명심하게나."

"말씀하십시오."

"진실은 항상 복잡한 것에 포장되어 있는 가장 간단
한 결과물이라네. 부디 나아가서 조금이라도 눈을 틔울
수 있었으면 하는 바람일세. 제 사제도 충분히 장부라

할 만하지만 경험을 쌓고 참과 거짓을 파악할 수 있는
눈을 틔워 진정한 대장부(大丈夫)로서 성장했으면 하는
바람일세."


　제영정은 눈물이 나올 것 같았다.

　처음에는 그저 출도하는 사제를 위한 사형의 격
려라 생각했다. 의미심장한 말투이긴 하였으나 자
신에게 가르침을 내려 주기 위한 말이라 생각했
다.

　틀렸다.

　대사형인 모용광(慕容光)은 이미 알고 있었던
것이다. 아니, 믿고 있던 것이다.

　사문의 배덕자이며 패륜아이자 철혈성이 낳은
최악의 무인이라 불린 진조월을 그는 끝까지 믿었
던 것이다.

　하지만 굳이 그것을 다른 사제들에게 강요하지
않았다. 직접 보고 판단하라, 그리 생각한 모양이
다.

　진정으로 멋진 사람들이 아닌가.

　그에 비해 자신은 어떤가. 믿음을 믿음으로 보

지 아니하고, 진실과 거짓이 뒤죽박죽 섞인 현실에서 혼란을 겪었다. 그럼에도 멈출 수는 없어 무작정 칼부터 빼 드는 무모함까지 보였다.

아직까지 모두 수용할 수 있을 만한 그릇은 되지 못해 제영정은 정신을 차리기 어려웠다.

하지만 하나의 가정을 세울 수 있었고 덕분에 소름이 돋았다.

만약에라도 진조월이 행동함에 있어 한 점 부끄러움이 없었다면?

사문의 패륜아라는 오물을 뒤집어쓴 채로 세상을 살아갔을 그는 삼 년 만에 본 사제들의 살기와 분노를 어떻게 보았을까?

가슴이 찢어졌을 것이다.

누구보다도 아껴 주었던 아이들이 자신에게 칼을 들이대고 호통을 치고 있는 현실이 얼마나 어처구니없었을까.

그럼에도 왜 외치지 않았는가.

이것이 진실이고 이유가 있었다는 것을 왜 말하지 않았는가. 그것이 의문이었다.

여설옥 역시 비슷한 심정이었는지 고개를 들지

못했다.

비록 제영정과 나이 차가 크지는 않지만 그녀는 제영정보다도 더 깊은 곳을 바라볼 수 있었고, 그래서 눈물 한 방울 흘렸다.

말하고 싶지 않았던 것이 아니었을 터.

그도 사람인데 어찌 답답하지 않았을까.

아직 받아들일 수 있는 준비가 되지 않은 두 바보 같은 사제들의 내면을 통찰했던 것이다.

실제로 둘은 진조월의 말을 듣고 싶지도 않아했기에, 당장 전투가 벌어지기도 하였다.

또한 굳이 언급하여 둘을 혼란스럽게 만들어 위험한 행동을 하지 못하도록 사전에 차단시켰을 것이다.

진짜 사건의 중심이 어떠한 것인지, 무슨 일이 있었는지 아무것도 모르지만, 적어도 진조월은 아직까지 둘을 위하고 있었다.

하지만 그렇다고 지금까지 자신들을 키워 준 스승의 은혜를 부정할 것인가?

그것도 아니다.

스승이자 성주인 그분 역시 얼마나 많은 복을

주었던가.

철혈성주를 만나지 않았다면 이미 자신들은 저 잣거리를 헤매다가 비참한 삶을 살고 있었을 터다.

제영정과 여설옥은 혼란스러워 갈피를 잡지 못했다.

단기중은 속으로 투덜거렸다.

'저렇게 흐물흐물한 녀석들을 어디다 써먹을꼬? 아주 통곡할 기세구먼.'

두 혈기 넘치는 젊은이들이 받은 충격이 얼마나 대단한지 단기중도 알 수 있었다. 하지만 삶을 살아감에 있어 어찌 충격 한번, 패배 한번 겪지 않을 것인가.

빠르게 수습하여 받아들이는 심기 역시 중요한 법.

여러모로 여설옥과 제영정은 부족한 게 많았다.

당무환은 슬픔과 혼란에 잠긴 그들에게 틈을 주지 않았다.

"하지만 우리가 아무리 너희들을 믿는다 해도 문제는 남는다. 그 문제 때문에 우리가 너희를 찾아온 것이다."

제영정이 흐릿한 눈으로 당무환을 바라보았다.

"무슨……?"

"철혈성의 눈은 중원(中原) 전역에 뻗어 있다. 너희들이 아무리 연락도 취하지 않은 채 이곳에 숨었다 한들 그들의 정보망에 걸리는 건 시간문제야. 물론 우리처럼 조심을 한다면 다르겠지만, 너희에게 그만한 능력이 있는지, 경험이 있는지 의문이로군. 너희들이 이곳에 있다는 걸 철혈성에서 알게 된다면 당연히 우리의 소재도 발각이 될 것이고, 결국에 우리는 싸움 한번 못해 보고 지리멸렬하게 된다."

어지러웠던 여설옥과 제영정의 얼굴이 딱딱하게 굳어졌다.

과거의 어떤 일이 있었는지, 숨겨진 역사를 알고 진실을 캐내기 위해 진조월을 마냥 따라왔다.

하나만 보고 맹목적으로 걸음을 옮겼기에 칠왕들의 목적이 무엇인지 잊고 있었던 것이다.

그렇다.

칠왕의 난, 만월지란의 주역이었던 왕들은 철혈

성과 적대관계에 있었다.

그들은 또 다시 철혈성과 전투를 준비하기 위해 세상에 나왔으니, 언젠가 반드시 부딪치게 될 것이다.

단기중은 그들의 표정을 보며 어처구니없다는 얼굴로 중얼거렸다.

"정말 생각 없이 움직인 모양이군. 가장 중요한 전제 기반도 준비하지 못하고 왔다니 기가 다 막히네. 무작정 그렇게 달려드니 무력이 고강하다 한들 뭐하겠나. 일 년 안에 강호에서 칼 맞아 죽기 딱 좋지."

독설에 가까운 비아냥이었다.

화는 나지만 여설옥과 제영정은 차마 그 말에 부정할 수가 없었다.

확실히 그들은 칼만 쓸 줄 아는 무인에 불과했지, 세상사 일을 처리할 만한 경험과 지혜가 부족했다.

아직은 어리다는 증거.

단기중은 한숨을 쉬며 일어났다.

"당 선배, 나는 먼저 일어나겠습니다."

그의 성격을 잘 아는 당무환은 고개를 끄덕였다. 여기서 더 대화만 해 봐야 답답할 테고, 결국 여설옥이나 제영정의 볼이 무사하지 못할 것이다.

"그러게."

단기중이 방에서 나서자 당무환은 서릿발 같은 표정으로 말했다.

"하루의 말미를 더 주겠다. 모든 것을 정리하고 다시 우리를 찾아와라. 돌아가려면 돌아가도 좋다. 하지만 하나는 명심해라. 만약 수습하지 못할 일을 하여 괜한 사건을 일으킨다면, 그리해서 우리의 존재가 철혈성에 알려지게 된다면……."

당무환의 두 눈에 이글거리는 불꽃이 터져 나왔다.

두 후기지수는 차마 그의 눈을 똑바로 바라볼 수 없었다.

"둘 모두 지옥불이 얼마나 뜨거운지 몸으로 겪어 봐야 할 것이다."

5.
오왕출전(烏王出戰)(2)

둘의 비무는 너무나도 간단하게 이루어졌다.

소가주 혼인식에 참석한 남궁가의 남매 중 남궁소소의 오라버니인 남궁호(南宮虎)를 처음 본 강소란은 그의 몸에 이는 투기를 한번에 알아보았다.

자신과 같은, 동류의 기질.

강한 자와의 대무를 인생의 드높은 가치 중 하나라고 여기는 천연 투사.

애초에 태어나기를 투쟁에 적합한 인간으로 태어났다.

그녀는 뚜벅뚜벅 다가가 한마디를 던졌다.

"한판?"

남궁호는 부드럽게 생긴 미남형 얼굴과는 완전히 딴판인 성격이었다.

남궁소소가 차갑다면 남궁호는 뜨겁다. 남궁소소가 날카롭다면 남궁호는 웅장하다.

그는 한참이나 이글거리는 눈으로 강소란을 보다가 냉큼 대답했다.

"어디서?"

"뒤뜰."

대화는 그것으로 끝이었다.

마치 눈만 마주쳐도 서로의 심정을 아는 절친한 친우들처럼 둘은 휘적휘적 뒤뜰로 걸어갔다.

그 모습을 보며 남궁소소는 입을 떡 벌렸다.

그리고 시작된 비무는 무려 한 시진이 넘어가고 있었다.

남궁호 역시 명문가의 자제로서 명성이 자자한 검학과 무도를 익혔지만, 아무래도 실전의 경험으로는 강소란에 비하기 어려웠다.

하지만 남궁소소와 달리 그는 제법 타인과 검을

섞은 적이 있어서인지 나름 긴박한 상황에서 재치를 발휘할 수 있었다.

둘의 무위는 누가 더 낫다 하기 어려웠다.

무학의 깨달음으로 본다면 남궁호가 조금 더 나았지만, 그것도 거의 간발의 차였고, 실전의 경험과 살벌함으로 본다면 강소란이 훨씬 위였다.

그러나 워낙 남궁호의 성격도 거센 불과 같은지라 가히 백중세를 이루고 있었다.

남궁호는 검과 도가 부딪칠 때마다 손목이 시큰거려 눈물이 찔끔 나올 것 같았지만, 동시에 감탄할 수밖에 없었다.

'남북십걸 중에 수위를 다툰다고 하더니 정말 대단하다.'

여인이 펼치는 도법이라고는 상상도 못할 정도로 매섭고 살벌했다.

일격, 일격이 필살(必殺)의 묘용을 명확하게 담고 있다.

도법 자체의 수준도 매우 높았지만 그것을 활용하고 펼쳐 내는 강소란의 임기응변과 변칙적인 칼놀림은 정말 눈이 돌아갈 정도로 대단했다.

그러나 강소란이라고 남궁호에게 놀라지 않을
수는 없었다.

'장난이 아닌데?'

물론 남궁소소보다 나이가 많은 오라버니이며,
자질은 비슷하다 할지언정 그래도 호전성이 깊은
이라 더 멋들어진 비무가 될 거라 생각은 했었다.

하지만 남궁소소 때와 달라도 너무 달랐다.

힘차게 내지르는 검에는 군더더기 없는 경력(勁
力)이 바늘처럼 쭉쭉 뿜어진다. 단련의 목적이 아
닌 실전 속에서의 검 놀림인데도 공수(攻守)의 변
환이 너무나도 부드럽다. 빈틈을 파고드는 맛은
없어도, 웅장하고 빨라 그 자체만으로도 무시무시
했다.

가주비기(家主秘技) 제왕검형(帝王劍形)을 제
외한, 남궁세가의 사대검학(四大劍學) 중 하나로
손꼽히는 섬전십삼검뢰(閃電十三劍雷)의 검경(劍
勁)은 말 그대로 벼락처럼 빠르고, 마찬가지로 사
대검학의 하나인 천풍검식(天風劍式)은 웅장하게
짓눌러 온다.

하나의 검학을 깨우치는 데에도 평생이 걸리거

늘 남궁호는 두 개의 검을 능수능란하게 펼쳐 상대를 압박하고 있었다.

실전의 부재가 있었지만, 적재적소의 판단력은 오히려 남궁소소보다 위인지라 강소란도 이렇다 할 공격을 성공리에 질러 넣진 못했다.

물론 남궁호가 섬전십삼검뢰와 천풍검식을 대성한 것은 아니었다.

두 개의 검을 대성했다면 이미 그는 후기지수가 아니라 천하에서 내로라하는 검사라 불리어야 마땅하리라.

그저 그는 두 가지의 검술을 배우면서 장단점을 파악하여 자신의 맞게 펼쳐 낼 뿐이었다.

침착하고 강렬한 검영(劍影)은 흩어지듯 바람을 희롱하고, 스산하고 살기 어린 도광(刀光)은 폭우처럼 피할 곳 없이 영역을 가른다. 바람을 다스리는 풍백(風伯)과, 도산지옥(刀山地獄)을 다스리는 진광대왕(秦廣大王)의 대결이라면 이처럼 아찔하지 않을까.

남궁소소는 온몸에 소름이 끼쳤다.

'대단해.'

강소란이 자신과 싸울 때 확실히 봐 주고 있었구나, 라는 생각이 들었다.

지금의 강소란은 그때와 확연히 달랐다.

전심전력으로 칼을 뻗는 그녀의 움직임은 설령 따라갈 수 있어도 버틸 수 없는 강렬함이 되어 자신을 짓누를 것이다.

그런 강소란의 도격을 훌륭하게 막아 내는 남궁호의 검학 역시 눈이 부신 것이었다.

비록 강소란의 도세(刀勢)가 살벌하기 짝이 없어 땀을 뻘뻘 흘리고 있었지만, 그것은 남궁호의 패기 넘치는 검학을 대하는 강소란도 마찬가지였다. 둘은 진정 명승부를 펼치고 있었다.

어느새 남궁소소는 홀린 듯 멍한 눈으로 손을 들었다.

하얗고 가느다란 옥수(玉手)가 남궁호의 검처럼 미묘하게 움찔거린다. 앞으로 갔다가 뒤로도 가고 옆으로도 간다.

두 최고의 후기지수들이 일구어 낸 장렬한 결투에 완전히 몰입한 것이다.

하지만 둘의 기세 넘치는 대결을 바라보고 있는

것은 비단 남궁소소만이 아니었다.

저 멀리 보이지 않는 담벼락에 앉은 세 명의 남녀가 있었다.

한 명은 요대에 철검을 찬 채로 가만히 팔짱을 낀 흑의인이었고, 다른 한 명은 수수한 서생과 같은 차림의 중년인, 마지막 한 명은 눈이 번쩍 뜨일 만한 미모를 갖춘 신비한 여인이었다.

단기중이 어깨를 으쓱했다.

"임 동생. 저 치들의 무공 어떤가?"

임가연은 투명한 눈을 빛내며 남궁호와 강소란을 바라보았다.

박진감 넘치는 비무였지만, 이미 그들보다 까마득한 곳에 선 고수들의 눈은 모든 것을 샅샅이 볼 수 있는 능력이 있다.

"저 처녀의 무공은 사라진 군부 최고의 무학이라는 백팔단혼도가 확실할 것이고…… 남궁가의 청년이 펼치는 검학은 정통성 있는 검가 사대검학 중 둘이에요. 누가 더 낫다고 하긴 어렵지만 확실히 성격은 나오네요."

펼치는 무공에서 자신의 성격이 확실하게 묻어

나온다 함은 이미 그들의 무도(武道)가 경지에 올랐음을 말해 준다. 무공에 휘둘리는 것이 아니라 무공을 다스리는 경지에 한발 디디고 있다는 뜻이다.

그렇지만, 아직은 거기까지다.

단기중은 이번엔 진조월에게 물었다.

"넌 어떻게 보냐?"

진조월의 눈동자가 착 가라앉았다.

차가운 그의 눈동자는 그토록 멀리 떨어진 남궁호와 강소란의 기백 넘치는 대결을 하나하나 꿰뚫고 있었다.

물론 그것은 단기중이나 임가연도 마찬가지였다.

가만히 있던 진조월의 입이 마침내 열렸다.

"변수가 없는 한 도객이 이길 것이오."

간단한 말이지만, 결투의 마지막을 결정짓는 한마디이기도 했다.

임가연이 저들의 무도가 가진 성격을 언급했다면 진조월은 오로지 결과만을 말했다. 그 대답만 보더라도 임가연과 진조월의 성격이 정확하게 나오고 있었다.

임가연은 투명한 눈을 진조월에게 향했고, 단기중 역시 고개를 갸웃거렸다.

"왜 그렇게 보는데?"

"말 그대로 백중세라 어느 쪽이 더 강하다 할 수는 없지만, 저 여인이 펼치는 무공은 실전의 맛을 제대로 본 칼이오. 어떻게든 스스로 버티고 있으나 청년의 검이 처녀의 칼에 이끌려 부동심을 흐트러트리고 있소. 처녀의 체력이 조금만 더 버텨 준다면 검객의 패배는 명약관화(明若觀火)하오."

단기중은 흠, 하는 소리와 함께 다시 고개를 돌렸지만 내심 끄덕였다.

'역시 보는 눈도 남달라.'

무공만 강하다고 전부가 아닌 세상이다.

치밀한 심계를 꿰뚫는 눈과 사태를 관망할 줄 아는 직관력 또한 강인해야만 살아남을 수 있는 게 강호 무림이다.

진조월은 오왕의 진전을 이으면서 무공만 는 것이 아니었다.

애초에 높은 무도를 깨우친 만큼 보는 눈도 남다른 줄은 알았지만, 그는 당장의 승부만 보는 것이 아니라 후에 이어질 사태까지 몇 수 뒤를 보았다.

이것은 그냥 무공만 높다고 거저 얻을 수 있는 것이 아니었다.

수많은 생사의 대결. 그리고 수많은 귀계와 암계 속에서 살아남아야만이 얻을 수 있는 지혜의 눈이었다.

단기중은 물론, 임가연 역시 진조월의 예측과 정확하게 일치를 보았다.

단기중은 나직이 한숨을 쉬었다.

"저 애송이들의 싸움은 그렇게 끝날 것 같고, 이제 어른들이 싸울 시간인데…….."

진조월과 임가연의 눈이 스산하게 가라앉았다.

어른들의 싸움, 철혈성과의 전투를 말함이다.

담벼락에 편하게 앉은 단기중의 눈도 은은한 패기를 발했다. 하지만 눈동자에 떠오른 기세와는 다르게 그의 입에서 흘러나온 말은 약간 침중했다.

"오왕, 일단 상황부터 정리해서 말해 주지. 우리를 지원하는 수많은 세력들이 있다는 걸 너도 알 거야. 백 선배께서 말씀해 주셨겠지만, 저 멀리 주산군도, 보타암도 우리를 지원하는 세력 중하나지. 또한 대표적으로 구대문파 중 화산(華山)과 아미(蛾眉), 종남(綜南), 청성(靑城)이 우리를 지원하고 있어. 구대문파들의 수장이자 북숭(北崇)이라 불리는 소림 역시 지원한다는 명목이지만…… 유독 철혈성의 견제가 심한지라 자제하고 있는 실정이야."

"알고 있소."

인생의 절반 이상을 철혈성에서 보냈던 사람이 진조월이다.

아무리 성주가 그를 고깝게 보는 면이 있었다지만, 이미 그의 야망을 알고, 그 야망의 희생양이 되었던 진조월이었던 만큼 모를 수 없는 사실이었다.

"실제로 화산, 아미, 종남, 청성의 사대문파 역시 철혈성의 견제에서 자유로울 수가 없어. 칠 년전 만월지란이 터지기 전에 그들의 도움은 확실히 컸지만, 그 때문에 오히려 철혈성의 눈이 그들에게 몰려 제대로 된 움직임을 보이기 어려운 것도 사실이야."

조금은 암울한 이야기였다.

사대문파가 정말 강호의 도리를 위해 도움을 주었다고는 보기 힘들다.

보기 힘든 것이 아니라 확신할 수가 없다.

하나 중요한 것은 칠왕들에게 그들의 힘이 필요했고, 그들 역시 철혈성이 하루 빨리 사라져 주는 게 좋을 것이다.

천하의 기둥이라는 구대문파가 힘을 잃기 시작한 것이 철혈성이 발호하고 난 이후부터였으니 당연하다면 당연한 이야기다.

"우리는 절망하지 않았지만 솔직히 많이 힘들어진 것도 부인할 수가 없지. 여기서 하나의 세력이 등장해서 그나마 위안이 되었지만."

진조월의 눈이 살짝 빛났다.

구대문파 소속이었던 화산과 아미, 청성, 종남이 이전처럼 대단한 정보와 암중의 힘을 드러내지 못할 때 그것을 대체할 만한 세력이 나타났다는 건 상당히 기껍고 놀라운 일이다.

강호에 나서기 전 당무환 등을 통해 세상 정보를 모았던 진조월은 금세 그 세력의 이름을 유추할 수 있었다.

"무당파(武當派)……."

단기중이 힘차게 고개를 끄덕였다.

"이전의 해남(海南)이 명성을 잃고 그 자리를 대신해 신진세력 무당(武當)이 구파의 한 자리를 꿰찼지만, 아직은 여러모로 부족한 건 사실이지. 하지만 세상에 알려진 소문과는 달리, 무당의 힘은 가히 소림에 비해 떨어지지 않을 정도로 드높다고 할 수 있어. 삼봉진인(三峰眞人)이 은거하여 우화등선(羽化登仙)했다는 소문이 있지만, 이후에도 무당은 조용히, 그리고 확실히 커져 갔다. 그분께서 직접 가르쳤던 수많은 제자들이 문파의 뼈대를 세우고 이후 황제께서 무당파를 지원하셨지."

황제가 직접 무당파를 지원하여 무당파를 온건히 건립하였다는 것은 제법 많은 것을 알려 주는 대목이었다.

무림의 세력과 정보만을 토대로 생사부(生死簿)를 작성했던 진조월은 무려 삼십만 명의 인부들이 동원되어 십이 년간 무당파를 세웠다는 것에 큰 놀라움을 느꼈다.

그의 차가운 눈동자에 한줄기 불꽃이 붙었다.

'철혈성과 황궁의 관계는 긴밀하다. 같은 시기에 일어난 세력, 일대(一代) 철혈성주는 태조(太祖)를 도와 나라를 창건하는 데에 큰 이바지를 했어. 즉, 호국공(護國公)이라 할 수 있다. 그럼에도 황궁에서는 무당파를 지원했다는 건……?'

단기중은 피식 웃었다.

"네가 무슨 생각을 하는지 나도 알아. 처음 그 소식을 접하고 나도 무당을 의심했다. 삼봉진인의 도력(道力)이 하늘에 닿아 능히 신선이라 불리신다지만, 그분의 후예들까지 그러라는 법은 없으니까."

"그렇다면 무당파는 의심하지 않아도 된다는 뜻이오?"

"의심하지 않아도 되는 수준이 아니라, 오히려 고맙다고 인사를 해도 무방할 정도야."

임가연의 투명한 눈이 번뜩 빛난다.

협의살수(俠義殺手), 살수지왕(殺手之王)이라고까지 불리는 그녀의 눈동자는, 피비린내 나는 명성과 달리 참으로 맑았다.

오랜만에 그녀의 입이 열린다.

"현 무당의 장문인인 현천도인(玄天道人)은 많은 무당의 도사들 중 가장 세속적인 인물이에요. 나쁘다는 뜻이 아니라, 전략전술(戰略戰術)에 능하다고 할 수 있는 사람이죠. 그 역시 현재 철혈성의 위치와 성주의 야망이 옳지 않다는 것을 깨우치고 자파(自派)를 미끼로 던졌어요."

아직까지 임가연은 진조월에게 딱딱했다.

물론 진조월은 상관하지 않았다.

문제는 그녀의 말투가 아니라, 그녀가 말한 내용에 있었다.

"미끼라면……?"

"영락(永樂)께서는 무당파의 큰 도량을 보셨고, 그들을 도우셨죠. 철혈성 역시 속세에 관여치 않는 무당을 그리 신경 쓰지 않았어요. 실제로도 그러하죠. 하지만 철혈성주는 한 가지를 간과했어요. 무당파는 도문(道門)이자 무문(武門)이며, 현재 장문인인 현천도인이 과거 성주의 사제였다는 것이죠."

진조월의 눈이 찢어질 듯 커졌다.

냉혹하기 짝이 없던 그의 눈동자가 흔들림은 물론, 입까지 떡 벌어졌으니, 평소의 그를 생각한다면 그가 얼마나 많이 놀랐는지 알 수 있었다.

"철혈성주의 사제라고?"

상당히 충격적인 이야기였다.

당대 철혈성주는 초대 철혈성주의 후예라기보다, 나이 차이가 많이 나는 사제라 할 수 있었다.

창성 시 누구보다 좋은 수완으로 철혈성을 거대하게 만드는 데에 몰두했던 초대 성주는 후인을 두지 못하였고, 결국 자신의 사제이자 무공으로는 당대 최강이라 할 수 있는 현 성주에게 성주직을 위임하였다.

현 성주에게 또 다른 사형제가 없으리라는 법은 없다. 하지만 무당파의 현 장문인이 철혈성주의 사제라니?

단기중이 고개를 저었다.

"성주의 제자였던 네가 모르는 것도 무리는 아니야. 실제 이 사실을 아는 사람은 거의 전무(全無)하다고 할 수 있어. 만약 현천도인이 스스로 사실을 말하지 않았다면 철혈성주를 제외하고 누구도 몰랐을 거다."

흔들렸던 진조월은 빠르게 마음을 다잡았다. 눈빛은 여전히 차가운 광망을 뿌리고, 표정도 이전의 그와 같았다.

그렇다고 충격이 가시는 건 아니었다.

"문제는, 현천도인도 우리를 그리 달갑지 않게 생각한다는 것이지."

단기중과 임가연의 눈동자가 착잡하게 가라앉았다.

진조월은 이해할 수가 없었다.

어떤 이유인지는 몰라도 현천도인은 분명 현 성주와 반목하고 있다고 볼 수 있다. 그렇다면 칠왕과의 연계는 물론 그 외에 암중으로 도움을 주는 모든 세력과도 친밀해야 정상 아니던가.

공통의 적을 위해 손을 잡는 것, 오월동주(吳越同舟)라는 네 글자를 굳이 떠올릴 필요도 없이 당연한 일이다.

"이유가 무엇이오?"

공공의 적을 위해 연수를 하는 건 고금에 흔히 있는 일이다.

하나 성주의 야망을 저지하기 위해 문을 나와 무당파의 장문인이 된 현천도인이라면, 굳이 칠왕을 고깝게 볼 필요도 없지 않은가.

말이 연수합격이지, 또 다른 적을 위해 서로 손을 잡는다는 것만큼 피곤한 일도 없다.

믿고 함께할 동지와 뜻을 같이 하여 싸워도 성공할지 미지수이거늘 언제 돌아설지 모르는 이들과 손을 잡는다?

단기중은 가만히 진조월을 바라보았다.

차갑고, 차가운 눈동자였다. 그 어떤 얼음을 깎아도 이보다 더 차가울 수 있을까. 하지만 동공 안에 스며드는 따스한 뭔가는 아직 그의 인간미가 살아 있음을 말해 준다.

어쩌면 유약한 스스로를 애써 숨기기 위해 얼음으로 방비했을지도 모르겠다.

단기중이 한숨을 쉬었다.

"네가 해 줘야 할 일이 있어."

느닷없이 무슨 소리인가.

진조월의 눈이 가늘어졌다.

"우리가 세상에 나왔다는 사실을 철혈성주가 알
게 되면 안 되는 사실, 너도 알 거다. 그러나 언
젠가는 성주도 알게 될 거야. 모를 수가 없지. 당
선배가 서호신가에 와서 소가주의 혼인식에 참석
했다는 건 금세 사방으로 뻗어 나갈 테니. 그렇다
면 암중으로 이목이 집중되겠지. 확신은 없어도
그들의 시선은 그물처럼 신가를 둘러싸게 된다."

"알고 있소."

"당장 우리가 움직이면 안 돼. 괜히 타초경사
(打草警蛇)의 우를 범할 순 없지. 그렇다면 어찌
해야 하는가?"

항상 스스로의 행보와 복수를 해야 할 명단만을
정리했던 진조월이었기에 당금의 상황을 세세하게
파악하기는 어려웠다.

제대로 관심을 가졌다면 모르되, 그는 자신의
분노와 살기를 다스리기도 벅찼다.

하지만 진조월은 나름 머리가 비상한 편이었다.

워낙 전장에서 뒹굴었던 무인인지라 전술적 측면
이나 정보전(情報戰)에서의 경험도 뛰어나다.

가만히 생각에 잠겼던 진조월의 눈동자가 더욱
차가워졌다.

"내가 죽여야 할 놈이 누구요?"

단기중은 물론 이번엔 임가연도 감탄했다.

물론 멍청한 사람이 아무리 강하다 한들 그 무
자비한 아수라장에서 살아남을 수는 없었겠지만,
그냥 듣는 것과 생각하여 추론해 목표에 도달하는
것과는 차이가 있다.

실제와 상상은 다른 법이니까.

칠왕이 세상에 나왔다는 건 아직 누구도 모르는
일이다.

하지만 진조월은?

이미 성주의 제자인 제영정과 여설옥이 철사자
조를 이끌고 절강까지 왔다는 건 철혈성 내에서도
진조월의 출도 소식을 들었다는 뜻이다.

즉, 진조월은 강호에 노출되어 있다.

그렇지만 그가 전대 오왕의 뜻을 이어받아 현
오왕이 되었다는 사실은 모를 것이다.

제영정과 여설옥이 중요한 이유도 여기에 있다.

그가 오왕이라는 사실이 외부로 발설이 되는 순간 나머지 왕들이 운신할 수 있는 폭은 급속도로 조여지게 될 것이다. 두 사제가 성으로 돌아가지 않은 채 그리고 소재지도 알리지 않은 채 진조월에게 따라붙은 것은, 어찌 보면 너무나도 다행이었다.

그 부분에서는 확실히 진조월이 성급했다.

하지만 이제부터는 달라져야 한다. 진조월은 진조월 혼자의 몸이 아니라 칠왕에 소속이 된 인물이 되었다.

철혈성의 시선을 진조월 쪽으로 돌려야만 한다.

아무리 수긍이 가는 내용이라지만, 진조월 입장에서는 썩 유쾌할 수 없는 것도 사실이었다. 결국 나머지 칠왕을 위해 미끼가 되어야 한다는 뜻이 아닌가.

그렇지만 진조월은 오히려 잘되었다는 듯 눈을 빛냈고, 단기중이나 임가연도 가타부타 변명과 위로를 하지 않았다.

서로 믿고 싸우는 동지들 간의 합의다. 미안할

것도 고마울 것도 없다. 적을 섬멸하기 위해서는 당연한 일인 것이다.

단기중은 품에서 서신 한 장을 꺼내 진조월에게 건네주었다.

"현재 절강 남부로 진입하고 있는 자야. 철혈성주의 숨겨진 독아(毒牙) 중 최악이라 할 수 있지. 너도 알 거다."

서신을 열람한 진조월.

순간 그의 눈동자가 더욱 차가워지고, 온몸에서는 스산한 살기가 흘러나왔다. 담벼락 사이로 부는 바람은 미풍이었지만, 그의 흑포가 필요 이상으로 펄럭였다.

살기의 파동.

"명완석(明緩夕)……."

남천독군(南天毒君)이라는 별호로 더욱 유명한 자.

독과 암기의 조종이라는 사천당가의 고수들을 포함, 전 무림에서 독공(毒功)과 독술(毒術)로는 세 손가락 안에 들어가는 최고의 용독가(用毒家)였다.

이제는 멸망했지만, 과거 운남의 패자로 군림하던 절정의 세력 오독궁(五毒宮)의 후예로 독공과 독술만큼 의술 역시 뛰어나 사람의 생사를 주관하는 생사판(生死判)이라는 별호로도 유명하다.

철혈성이 보유한 세 개의 살수 조직 중 하나이자 강호에서 가장 무서워하는 부대, 녹귀단(綠鬼團)의 단주이기도 하다.

비록 일개 단주에 불과하지만, 워낙 악명이 높고, 배분도 못지않게 높아서 현 철사자조의 총조장인 흑익여포(黑翼呂布) 황철성과 비슷한 우대를 받는 절정의 무인이었다.

독공만큼 무공 조예도 뛰어나니 함부로 그를 대할 수 있는 자가 어디에 있겠는가. 철혈성주의 손에 패배하여 성에 귀속이 되었다지만, 현 강호에서 그의 독수를 피할 수 있는 무인은 결코 많지 않으리라.

많은 무인들이 경원하나, 결국 두려워해 고개를 조아리게 만드는 독인(毒人).

그러나 진조월에게는 두려워해야 할 자가 아니라 백 번은 죽여 없애도 모자랄 자였다. 팔다리를 자르고 눈과 혀를 뽑아도 이 들끓는 살심은 해소 되지 않을 것이다.

그의 살기를 받아 타오르는 파검이 당장이라도 뽑힐 듯 스산한 귀기를 발산한다. 곱게 목을 가렸던 머리카락들이 일제히 일어나 일렁이고 있었다.

단기중은 입을 꾹 다물었다.

비록 스스로 자제를 하여 영역 너머로 나아가는 살기를 억제하고 있었지만, 바로 곁에 있는 단기중과 임가연은 그의 처절한 살기를 느낄 수 있었다.

'무시무시하군.'

얼마나 깊은 한을 가졌으면 이렇게 진한 살기를 발산할 수 있을까.

사람의 감정이 깊어지면 외부의 기와 공명하여 천천히 공기 중으로 퍼져 나간다. 뒷모습만 보아도 그 사람의 감정을 알 수 있는 때가 있는데, 그럴 때를 감정이 격해졌다고 하는 것이다.

진조월의 감정은 너무나도 진해 오히려 평범해 보일 지경이었다.

이윽고 심호흡을 해 감정을 정리한 그가 착 가

라앉은 목소리로 물었다.

"이곳으로 가면 그가 있다는 거요?"

"맞아. 목적지는 남안탕산(南雁蕩山)이라는 군."

안탕산이라 하면, 절강 최남단에 있는 명산으로 기봉(奇峰)과 폭포(瀑布), 동부(洞府)가 많아서 삼절(三絕)의 명성의 높은 곳이었다.

그 아름다움은 가히 환상적인지라 아는 사람들은 '절강 북부에 서호가 있다면 절강 남부에는 안탕산이 있다.' 라고 할 정도였다.

그중 남안탕산은 그야말로 절강의 남쪽 끝이라 할 수 있는 곳이었으니, 가는 데만 해도 상당한 시일이 걸릴 터.

그러나 진조월은 이 정보가 어디서 나왔는지 알수 없으나 신빙성은 높다고 생각했다.

특별한 일이 없으면 명완석은 꼭 일 년의 마지막이 되는 달 복건성에 꼭 들르는데, 그곳에서 약초 채집을 한다고 하였다.

또한 몇 년에 한 번씩은 외관이 수려하고 기화요초 역시 드물지 않게 나는 안탕산은 그가 자주 방문하는 곳이었다.

'명완석!'

그의 입장에서 오상검문을 초토화시키는 건 당연한 일이었다.

하지만 그곳은 핏값을 받아 낸다고 할 때 굳이 앞서 받아 내지 않아도 될 정도라 할 수 있을 터.

하나 명완석만큼은 달랐다.

생사부에서도 척살 일 순위에 해당하는 자.

천 갈래 만 갈래 찢어 죽여도 시원찮을 죽일 놈이 명완석이었다.

"오왕, 네가 강호에 출도했음을 철혈성도 알았기에 불안해서 몇 명의 고수들을 대동했다고 하더군. 보아하니 녹귀단의 실력자들인 듯싶은데⋯⋯ 만약 그렇다면 정말 조심해야 할 거야. 명완석 그놈도 그놈이지만, 그가 직접 기른 독공의 고수들은 당가의 정예와 비교해도 결코 떨어지지 않는 독인들이다. 실력의 문제를 떠나, 한순간 방심하면 중독되어 운신에 치명적인 방해를 받을 거다."

"상관없소."

진조월이 스산한 웃음을 지었다.

"내가 놈들과 만나는 순간, 놈들은 지옥을 경험하게 될 거요."

저 멀리서 까마귀 우는 소리가 들려왔다.

추위가 기승을 부리는 어느 날.

마침내 사신이 또 다른 먹잇감을 찾기 위해 혓바닥을 날름거린다.

*　　　*　　　*

신의건은 눈을 크게 떴다.

"진형이 이곳에 왔었다고?!"

문아령은 가볍게 고개를 끄덕였다.

"네. 아마 혼인식을 직접 본 것 같지는 않고, 뒤뜰이나 객당에서 지냈던 것 같아요. 우리가 도착한 날 저녁에 후원에서 술을 한잔했었죠."

"허어! 사매, 그걸 진즉 말하지 않고!"

당장이라도 신법(身法)까지 펼쳐 날아갈 것만 같은 그를 문아령은 애써 제지하였다.

물론 두 사람의 인연이야 이어짐이 좋다지만, 그보다 한발 앞서 얘기할 바가 있었다.

"흥분을 가라앉혀요, 사형. 말씀드릴 게 있어요."

"어떤?"

"이곳에 그 사람만 있는 게 아니에요. 놀라운 분들이 이곳에 모두 집결해 계시더군요."

신의건은 눈을 끔뻑였다.

물론 놀라운 사람들이야 많이도 왔다.

서호신가라는 이름을 그다지 높게 보지 않는 신의건이었지만, 어쨌든 대외적으로 후덕한 정파의 무문이라는 인식이 강하여 무림의 유명한 인사들이 앞을 다퉈 찾아오지 않았는가.

문아령은 샛별처럼 반짝이는 눈으로 말했다.

"스승님께서 말씀하셨지요? 칠 년 전, 만월지란이 일어나지 않았다면 진즉 천하가 홍역을 앓았을 거라고."

만월지란을 알고 있는 사람은 그다지 많지 않다.

그러나 문아령은 물론, 신의건 역시 누구보다도 그 사건을 잘 알고 있었다.

다름 아닌, 그들의 사문인 보타암이 암중으로

지원을 했던 투사이자 열사들이 일으킨 전쟁이며, 그 뜻이 고아하여 아는 사람들은 왕이라 불리는 그들을 존경한다.

"알고 있다. 칠왕의 난."

둘 역시 비문성수, 보타성니의 후예들로서 현재도 계속되는 철혈성주의 야망을 무너뜨리기 위해 발 벗고 몸을 던질 준비가 되어 있었다.

"그 만월지란의 주역들이신 다섯 분들이 신가에 계세요."

"뭐라?!"

만월지란이라는 사건을 안다면 누구라도 놀랄 수밖에 없을 것이다.

두 명의 절대고수를 잃으면서까지 철혈성주의 야망을 저지했던, 이후 다시없을 일곱 명의 열사들.

단 일곱이라는 숫자로 천하제일세 철혈성의 전력 삼 할을 공중으로 분해시켜 버린 무적의 다른 이름.

전투와 암살, 학살과 광기, 불꽃과도 같은 투쟁력으로 신화에 가까운 위업을 달성시켰던 보이지 않는 협사 집단.

그런 이들이 신가에 왔단 말인가?

놀라움은 여기서 끝이 아니었다.

"더 놀라운 사실은, 진 공자가 전대 오왕의 유지를 이어받은 현 오왕이라는 것이에요."

신의건은 입을 떡 벌렸다.

문아령 역시 처음 백성곡과 차를 마시며 대화를 나눌 때 많이 놀랐었다.

왜 아니 놀라겠는가.

대외적으로 알려지지 않은 사실이지만, 칠왕의 고군분투는 능히 인구에 회자될 만한 위업이며, 그들의 무력은 그들이 행한 위업만큼이나 대단하여 찬사받아 마땅했다.

그런 일곱 왕들 중 한 왕의 후인이 진조월이었다니.

하지만 그런 그녀도 진조월의 진정한 정체는 알수 없었다.

굳이 철혈성주의 제자였다는 사실까지 알아서 좋을 게 없다는 백성곡의 판단이었다.

사람의 인연은 오묘하여 인력으로 판단할 수도,

만들 수도, 끊을 수도 없다지만, 이렇듯 뜻밖의 흐름으로 이어지니 참으로 신기하다 아니 말할 수 없겠다.

신의건의 표정이 점점 환해졌다.

"내 진형이 평범한 사람은 아니라 생각했지만, 만월지란을 이끌었던 왕의 후예라니! 과연 갈무리한 힘이 가늠조차 되지 않아 놀라웠거늘 그런 신분이었을 줄이야."

그는 연신 감탄했다.

신의건의 얼굴을 보며 문아령은 고개를 설레설레 저었다.

진조월과 신의건은 같은 연배로, 동시에 무도를 추구하는 무인의 입장이었다. 아무리 서로를 위한다고 할지라도 상대의 높은 무학과 위치에 질투할 만도 한건만 신의건의 눈에는 질투의 감정 따위는 눈을 씻고 찾아봐도 보이지 않았다.

대협(大俠)이라는 칭호가 어색하지 않은 사람.

정기가 충만하고 제 스스로를 다스리며 정(正)과 의(義)를 위해 힘쓰니 천하에 이런 사람이 또 없을 것이다.

"일단 진형을 만나 보아야겠다. 이 사람이 본가까지 찾아왔으면 진작 날 찾아와 술 한잔할 것이지, 보통 무심한 사람이 아니로구나. 내 직접 따져 봐야겠다."

활기찬 표정으로 일어난 신의건은 빠른 걸음으로 문을 나섰다.

문아령 역시 멋쩍은 미소를 지으며 그의 뒤를 따랐다.

\* \* \*

"그랬단 말이지."

백성곡은 미약한 한숨을 쉬었지만, 결국 고개를 끄덕였다.

가만히 천장을 쳐다보다가 이내 차 한 잔으로 목을 축인 그는 허리를 꼿꼿이 세웠다.

"같은 무리의 동지로서 활동을 하지만, 어쨌든 오왕에게는 참으로 미안하게 되었구먼. 그러나 이 또한 시작이니, 그가 부디 길을 잘 열어 주었으면 하는 바람일세."

당무환은 식은 차 위에 손을 덮었다가 이내 떼었다. 그러자 신기하게도 미지근했던 차에서 다시 아스라한 연기가 피어올랐다. 열양지공(熱陽之功)을 섬세하게 운용하여 순식간에 차를 데운 것이다.

하지만 그는 차를 마시진 않았다.

"안타까운 일입니다. 남천독군이라면 천하가 인정한 독인 중 한 명인데, 아무리 조월, 그 친구라 할지라도 어려운 싸움이 될 것입니다. 제가 가는 것이 상성에 맞았을 터인데……."

독(毒)은 물(水)과 조화를 이루지만 불(火)에는 극도로 취약하다. 물에 독을 탈 수는 있어도 불에 독을 넣어 봤자 순식간에 사라질 뿐이다.

세상 모든 독인들이 열양공의 달인들을 무서워하는 이유도 여기에 있었다.

당금 무림에서 열양공의 대가라 하면 당무환을 따라올 사람이 없다.

특히나 그의 무학근본인 축융종(祝融宗)은 고금에서 짝을 찾기 어려운 열화공(熱火功)으로 대성을 하게 된다면 장심(掌心)에서 청염(青炎)을 뽑게 되는데, 이는 목표물이 녹거나 재가 되지 않은 이상 물로도 꺼지지 않는 지독한 화염이었다.

칠왕종(七王宗) 중 가장 거친 것이 광야종과 전륜종이라면 축융종은 가장 끔찍한 위력을 가진 무학이라 할 수 있겠다.

세상 무엇으로도 끌 수 없는 불꽃이라면 어느 누가 두려워하지 않겠는가.

그래서 화왕은 대대로 순후한 심성과 호탕함, 협기(俠氣)를 품어 자기 절제가 확실한 이들에게만 전수가 되어 왔다. 불의 마력을 다루려면 특히나 심성의 문제는 부각되어 질 수밖에 없으리라.

게다가 당무환은 사천당가 출신으로 독에 대한 지식도 대단히 해박한 편이었다. 여러모로 남은 다섯 왕들 중 남천독군을 상대로 가장 확실한 승률을 자랑하는 사람은 당무환이었다.

"어쩔 수 없는 일 아니던가. 이미 싸움은 시작되었으니 대국의 판을 넓게 보아야 하네. 당장 자네가 움직인다면 우리가 활동할 수 있는 폭이 극단적으로 좁아지게 되겠지."

"저도 알고 있습니다. 그래도 안타까운 건 어쩔

수 없군요. 그 사람, 독인과 싸워 본 적이 있을까 모르겠습니다."

"그건 모르겠네만 만약 자네가 간다 했더라도 오왕은 기필코 자신이 가겠다며 강짜를 놓았을 것일세. 혹, 둘 사이에 어떤 문제가 있는지는 알 수 없지만, 철혈성주의 신임을 받는 수하라는 이유 하나만으로도 그는 광분할 것이 분명해."

당무환의 얼굴이 어두워졌다. 그렇지만 그는 백성곡의 말을 부정할 수가 없었다.

남천독군 명완석이라 하면 진조월이 가장 증오하는 사람 중 하나일 것이다.

그나마 진조월의 과거를 왕들 중 많이 아는 사람이 그인 만큼, 그는 명완석이 진조월에게 어떤 짓을 했는지 잘 알고 있었다.

정확하게는 진조월에게가 아니라 진조월과 인연이 있는 이에게 끔찍한 짓을 했었던 것이지만, 결국 그의 분노가 커지기만 한 꼴이었다.

만약 자신에게도 그런 일이 일어났다면 아무리 수양을 해도 참기 어려웠을 것이다. 더군다나 진조월은 수양이라는 단어와 애초에 어울리지도 않았다.

그는 끊임없이 발산하는 이였다.

"일단은 오왕에게 맡긴 만큼 잘 처리를 할 것이라 생각하네. 다른 건 몰라도 전투 감각 하나만큼은 발군인 남자 아닌가? 시선을 돌려 우리의 문제로 넘어가 보세."

"그렇게 하시지요."

"오왕 그 사람이 남천독군을 죽이게 되면 철혈성의 시선이 모조리 그쪽으로 돌아가게 될 걸세. 그렇다면 우리는 더 자유로워질 수 있어. 문제는 차후의 행보일세."

당무환의 눈동자가 불꽃처럼 이글거렸다.

평소에는 인자하고 호탕하여 웃음이 끊이질 않는 호협이지만, 막상 전투가 벌어지면 열화와 같은 공격력으로 적도들을 쓸어버리는 공포의 화신이 당무환이었다.

철혈성에 대한 작전을 떠올리자 눈빛부터가 달라진다.

"그들의 눈을 파괴해야지요."

"그렇게 해야겠지. 오왕이 오상검문을 박살 냈

으니 절강의 정보통도 혼란으로 물들 터. 철혈성은 인력을 집중해 다시 절강의 눈을 복구하려 노력할 걸세. 앞으로 일주일에서 열흘 정도는 절강은 마비 상태가 되겠지. 남천독군을 죽이는 것과 동시에 우리에게도 기회란 뜻이네."

"신 가주가 금일 저녁 새로이 바뀐 철혈성 조직편도와 대륙의 우호세력 분포도를 가져올 것입니다. 그것을 보며 다시 머리를 굴려야 할 것 같습니다. 하지만 근본적인 작전의 뼈대는 생각해 두어야겠지요."

백성곡은 가만히 눈을 감았다가 이내 떴다.

여전히 그의 눈동자는 맑고 깊었다.

"이번에는 가연이가 수고 좀 해 주어야겠어."

"머리를 치려 하십니까?"

"한번에 쓸어버리는 것보다 그들의 수장을 죽여 혼란을 야기시키는 편이 우리에게 이롭네. 누구의 목숨도 함부로 없애고 싶지는 않으나, 마땅히 저승에 가야 할 녀석이 한 명 있구먼. 이번 전쟁은 오왕의 참격으로 시작하고 살왕의 암살로 증폭시키도록 하지."

당무환의 눈동자가 번쩍였다.

"혈검(血劍)을 말씀하시는 것인지?"

"그러하네."

"가연이가 간만에 의욕에 불타겠습니다."

"살왕을 출도시키기 전에 자네나 나, 둘 중 한 명이 은마당(隱魔堂)에 한번 들러야 할 것 같네."

은마당은 강호삼대살문(江湖三大殺門) 중 한곳으로 아직까지 실패를 모른다는 살수 집단이었다.

물론 초절한 고수들이 투입되어 은마당을 공격했다면, 그들이라고 어찌 멀쩡할 수 있겠느냐만, 실제로 그들이 살행에 나가서 실패했던 적은 단 한 번도 없었다.

비록 육 년 만에 만났지만 당무환은 백성곡의 생각을 충분히 알 수 있었다.

그들은 함께 아수라장을 겪고 살아남은 전우였다.

당무환의 얼굴에서 드물게 차갑고 스산한 미소가 드리워졌다.

"일거양득(一擧兩得)이로군요."

"자, 세부 사항으로 넘어가 볼까?"

그렇게 남은 왕들 중 가장 연배가 높은 두 사람은 차를 마시며 계책을 냈다.

백성곡의 노회한 지혜와 당무환의 공격적인 전술이 들어맞으며 점차 왕들의 계획은 하나, 둘 뼈대를 세우게 되었다.

바야흐로 보이지 않는 암투가 시작되려 하고 있었다.

                    *        *        *

두 노인의 열띤 대화와는 달리 이곳의 대화는 어딘지 어색하고, 심지어 차가운 기색마저 감돌았다.

어쩔 수 없는 것이, 삼 년의 시간을 넘어 만난 사형제들 간의 대화였고, 이전에는 서로를 향해 검까지 겨누었으니 당연하다고도 할 수 있겠다.

문득 여설옥은 안타까움을 느꼈다.

절대 이럴 수 없는 관계였다.

어렸을 적 친오라비처럼 따랐던 이였고, 그 역시 친동생한테도 쏟지 못할 애정으로 둘을 아꼈다. 스승의 엄준한 가르침에 울어도 그를 보면 웃었고, 힘들어서 지쳐 쓰러져도 일어나면 그가 있어 편안하였다.

그녀는 물론 제영정에게도 진조월은 든든한 방패이자, 세상 누구보다도 안락한 안식처였다.

왜 이런 관계가 되었을까.

그녀는 속으로 탄식했다.

'되돌릴 수 없는 시간임이 안타깝구나.'

누구의 잘못도 아니었다.

잘못이 있다면 세월의 무정함과 진실을 보지 못했던 그들의 눈, 그리고 그것을 조장한 누군가에게 있을 것이다.

진조월은 여전히 얼음장처럼 차가운 눈으로, 의자에 살짝 등을 기댄 채로 그들을 바라보았다.

과거의 연으로 그들을 받아들였지만 그의 눈동자는 여전히 냉혹했다.

이전과 같은 동요를 한 점도 찾아볼 수 없다.

"나를 보자고 한 이유는?"

비수처럼 날아드는 말이었다.

제영정은 슬쩍 입술을 깨물었다. 굳이 목적이

있어야만 만날 만큼 딱딱한 관계가 아니었다.

그는 생각보다 훨씬 좋지 않은 관계에 애석한 마음조차 들지 않았다.

어쨌든, 먼저 섣불리 공격한 것은 자신과 여설옥이지 않은가.

그래도 둘은 제법 생각을 정리하고 마음을 다스린 듯 이전보다는 평안한 기색이었다. 진조월을 대함에 있어서도 이전처럼 급격한 동요를 보이지는 않았다. 이러니 저러니 해도 그들 역시 일세의 무인이 될 동량으로써 손색이 없다는 뜻이었다.

"출전한다고 들었습니다."

진조월의 눈썹이 꿈틀거렸지만 굳이 부정하지는 않았다.

"그렇다."

"남천독군 명완석을 추살하러 간다고요?"

그것까지 알고 있었나.

진조월은 여전히 무감각한 얼굴이었지만 속으로 쓴웃음을 지었다.

아마도 이 말을 해 준 것은 단기중일 것이다.

진조월이 믿으니, 그들 역시 이들을 믿는다. 그

들은 그것을 당연하게 생각하는 사람들이었다. 그런 끈끈한 믿음으로 성장한 관계가 지금의 그들을 만들어 주었을 것이다.

그리고 진조월 역시, 그런 관계에 대해서 나쁘다 생각하지 않았다.

그럼에도 이런 정보까지 여설옥과 제영정에게 말해 줬다는 것은 이들의 반응을 보고 싶어서였을 것이다.

어떤 돌발적인 행동을 하여 우리에게 위험이 될 수 있는지, 어떤 생각을 가지고 있어 우리에게 도움이 되는지 선후의 파악을 확실하게 하고자 함일 터.

과연 왕들 모두 노련한 지략가이자 무인들이었다.

"그렇다."

제영정은 가만히 입술을 깨물었다.

여설옥은 특유의 도도한 눈을 빛내며 말했다.

"그가 사형에게 어떤 죽을죄를 지었지요?"

진조월의 눈에서 시퍼런 불똥이 튀었다.

한순간 돌변한 그의 눈빛에 둘은 몸을 부르르

떨었다. 도저히 사람의 눈이 아니었다.

그는 이를 악물며 과거의 한 장면을 회상했다.


가슴이 뚫려 죽은 상일엽(想日葉)을 안고 통곡을 하던 진조월의 앞에 수많은 사람들이 나타났다.

그들 모두가 녹색의 괴이한 옷을 입고 있었는데 눈빛이 하나같이 음침하였고 드러난 양손 역시 뼈에 살점만 붙은 것 마냥 괴상했다.

그들의 중앙에서 한 명의 중년인이 천천히 걸어왔다.

흐릿했던 진조월의 눈이 핏발 섰다.

"당신까지 연루가 되었단 말인가!"

"연루라니? 그것 참 재미있는 표현이구려, 삼공자. 북원의 무리들과 결탁하여 본 성을 배신한 패륜아가 내뱉을 말은 아닌 듯싶소."

"그것이 진실이 아니라는 걸 당신이라고 모르지 않을 테지. 내성 소속 살수 단주인 당신이 모를 리 없어!"

"실상 진실이라는 건 별로 중요한 게 아니오. 강호든 어디든 결국 세상이란 힘의 법칙으로 돌아가는 난장이 아니겠소? 힘을 갖춘 자가 진리인 것이요. 그리고 당신은…… 너무 약했소."

"시끄럽다! 내 수하들은 어떻게 된 것이냐!"

"그래도 자기 새끼들 챙기는 후덕함 정도는 갖춘 모양이로군. 당연하게도 그들 모두 본성으로 압송되었소."

"아, 아직 죽지 않았단 말이지?"

"하하. 혹시라도 그들이 살 수 있을 거란 허망한 생각은 버리길 바라겠소. 본성을 배반한 자들을 어찌 살려둘 수 있겠소? 당신도 마찬가지겠지만, 어차피 그들도 죽을 것이오."

진조월은 입술을 깨물었다.

잘근잘근 깨문 입술이 찢어져 선혈을 내었다.

"수치스러운 죽음을 줄 작정이라면 그만둬라! 차라리 무사답게 죽도록 해다오! 그래도 하늘 아래 한 점 부끄러움 없이 싸운 무인들이 아니더냐! 철혈성을 위해서 죽기를 각오하고 전장으로 나간 충신들이다!"

"생각보다 훨씬 순진한 분이구려. 세상에 수치스러운 죽음 따위는 없소. 사로잡힌 이들 모두 본 성에 들어서 내 손아래 잘 다뤄질 것이오."

"뭐라고?!"

명완석은 비릿한 미소를 지었다.

차갑고 가학적인, 굳이 말하자면 추악하다 할 수 있는 미소였다.

"어차피 고신(拷訊) 조금 한다고 내통한 사실을 불 만큼 나약한 자들은 아니잖소? 당신을 닮아서 그런지 하나같이 독종들이더이다. 이미 사실은 명명백백하게 드러났고, 더 물을 것도 없소. 죽어야 할 몸이라면, 성을 위해 도움이라도 되어야 할 것 아니겠소? 야차부대의 대원들은 모두가 나의 실험 재료로 쓰일 거요."

진조월의 눈동자에 강렬한 분노가 어렸다.

사람을 재료로 쓴다니, 이게 무슨 망발이란 말인가. 그는 참을 수 없는 분노 때문에 피를 울컥 토했다.

감정을 다스리지 못해 그렇지 않아도 엉킨 내기(內氣)가 요동친 것이다.

"그래도 당신은 한때나마 본성의 삼공자였다는 신분을 감안하여 성주께서 친히 처리하기 위해 이곳까지 오시기로 하였소. 그분의 하해와 같은 은혜에 감사하도록 하시오."

"명완석!"

"아, 그리고 한 가지 말 안 해 준 것이 있는데."

그는 하얀 이빨이 다 보이도록 웃으며 진조월 앞에 쭈그려 속삭였다.

"벽소영(碧素零)이라는 여인, 참으로 멋지더군. 그토록 우수한 재료를 나는 본 적이 없소. 청백지신은 아니었지만 본 성을 위해 개처럼 일해 줄 만한 능력은 되더이다. 그런 여자와 인연을 맺게 되어 부럽소. 그리고 이제는 그 인연의 끈을 놓을 때가 된 듯싶소이다."

"으아아!"

진조월 입장에서는 죽일 놈들이 참으로 많았지만, 그중에서도 반드시 죽여 없애야 할 놈들은 확실하게 정해져 있었다.

그런 이들 중 하나가 바로 남천독군 명완석이었다.

철혈성에서 무학에 정진했을 때부터 그는 남천독군이 마음에 들지 않았다.

항상 웃고 있는 얼굴이었지만, 눈빛은 음험하고 흉중에 어떤 고약한 바를 숨기고 있는지 파악조차되질 않아 꺼려졌다. 독을 다루는 이라 하여 무시한 것이 아니라, 그의 심성이 좋아 보이질 않았다.

그의 독술과 독공은 물론 성격까지 빼다 박은 녹귀단을 진조월은 멀리하였다.

애초에 인연을 깊게 두지 않으려 했건만, 하늘

은 무슨 생각을 하기에 인연을 악연으로 둘러쳤는지 알 수가 없다.

하지만 진조월은 악연이라 오히려 감사했다. 명완석과 같은 인물을 자신의 손으로 죽일 수 있도록 힘을 준 하늘이 너무나도 감사했다.

그러나 그는 생각을 다잡았다.

전장을 전전하면서 그가 깨달은 것은 아주 소소한 것이지만 그것이 지금의 그를 만들었다 해도 과언이 아니었다.

진조월의 입이 천천히 열렸다.

"세상에 죄라는 건 없다. 그저 인과관계 속에서 불거지는 원한과 분노가 우리에게 칼을 들게 만드는 것이다."

묵직한 힘을 가진 말이었다.

경험 속에서 깨달은 자들이 진실로 내뱉을 수 있는 진짜 언변.

제영정과 여설옥은 진조월의 말투에서 항거할 수 없는 중압감과 멈출 수 없는 살심(殺心)이 질주하고 있다는 걸 본능적으로 깨달았다.

남천독군 명완석은 철혈성 내에서 요직에 앉은

무인이며 대단한 명성을 자랑하는 실세였으나, 그를 가까이 하는 사람들은 그리 많지 않았다.

일단 그가 다루는 독 자체가 사람들에게 껄끄러움을 주기 때문이었고, 동시에 그의 심성 역시 독사처럼 음흉하여 평범한 사람들은 말 한마디조차 건네기 힘들었다.

그러나 그의 독공만큼은 세상 누구도 무시할 수 없었다. 오독궁의 유일한 후인인 그는 십여 년 전 손짓 한 번으로 장강수로채(長江水路寨)의 서열이 위였던 노룡채(怒龍寨)를 몰살시킨 전적이 있었다.

수적 집단이었다고는 하나 장강수로채쯤 된다면 강호의 여느 문파들보다도 강인한 세력의 모임이라 할 수 있을 터.

아무리 물 위였다지만, 명완석의 독공은 타의 추종을 불허하는 것이었다.

또한 과거 강북을 종횡하며 부드럽고 빠른 권장법(拳掌法)으로 명성이 높았던 고수, 청금수(靑錦手)를 한 번의 독장(毒掌)으로 사망케 하였으니 독공에만 능한 것이 아니라 그 외에 무공 역시 가히 절정의 영역으로 들어섰다고 볼 수 있겠다.

강호삼대살문조차도 녹귀단의 살상 능력에는 한 수 접어 준다 하니, 명완석과 그의 수하들의 능력이 얼마나 대단한지 알 수 있겠다.

"어쨌든, 철혈성 소속의 녹귀단주를 죽이겠다는 뜻이로군요."

"그렇다."

진조월의 눈동자가 차갑게 빛났다.

"너희는 아직 날 찾아온 이유를 설명하지 않았다."

가슴이 시리도록 차가운 말투였다.

여설옥은 입술을 깨물었다.

"우리도 갈 거예요."

설마 이런 말이 나올 줄은 상상하지 못했던 진조월은 눈썹을 꿈틀거렸다.

"날 따라오겠다고? 날 막겠다는 뜻이냐?"

제영정이 끼어들었다.

그의 얼굴은 모종의 결심으로 굳어지고 있었다.

"막지는 않을 겁니다. 하지만 진 사형과 본 성 사이에 어떠한 일이 있었는지 나는 알아야겠습니다. 그건 사저 역시 마찬가지일 겁니다. 명완석이라면 성에서도 요직을 맡은 위인이니 필경 뭔가 알고 있을 것이고, 그의 입을 통해서도 뭔가를 알 수 있지 않겠습니까?"

단단히 결심한 모양이다.

진조월로서도 약간은 당황했지만 티를 내지는 않았다. 냉막한 표정은 변함이 없었고 두 눈에서 흐르는 스산한 차가움도 여전했다.

인생을 몸담았던 철혈성에 연락조차 취하지 않은 채, 자신을 따른다는 건 큰 결심이 있었다는 뜻이다.

그것도 아직 경험이 없어 혼란이 클 혈기 많은 나이에 정했다는 건 시사하는 바가 컸다.

둘의 의지가 느껴졌다.

함께한다면 위험한 길이 될 것이다. 그들에게도 위험하지만, 진조월에게도 위험하다.

능히 명완석을 죽일 자신이 있는 그였으나, 만약에라도 두 사람이 허튼 짓을 한다면 일은 어려워질 것이고, 결국에는 나머지 왕들에게도 피해가 가게 될 것이다. 여러모로 함께 가는 건 옳지가 않다.

진조월은 가만히 그들을 쳐다보다가 벌떡 일어났다.

그러고는 뚜벅뚜벅 걸어가 문고리를 잡았다.

여설옥과 제영정의 눈동자가 흔들릴 때.

진조월의 차가운 목소리가 바람에 실려 그들의 귓속을 때렸다.

"거치적거리지만 마라."

# 6.
## 오왕출전(烏王出戰)(3)

신의건은 가만히 고개를 숙였다.

"강호의 말학후배 신의건이 일세의 기인이신 두 분 어른을 뵙겠습니다."

그의 앞에서 어색한 표정을 짓는 두 사람은 백성곡과 당무환이었다.

백성곡은 설마 성니의 제자가 또 있으리란 걸 몰랐기에 당황했고, 심지어 그 제자가 남자라는 것이 다시 당황했다.

백성곡에 비해 당무환의 당황은 조금 달랐다.

그는 묘한 얼굴로 신의건을 바라보며 너털웃음

을 지었다.

"푸헐, 그리 장난을 많이 쳐 회초리 좀 맞아야 제대로 컸을 놈이 도대체 안 본 지 얼마나 되었다고 이리 장성하여 내 앞에 섰는지, 세월의 빠름이란 진정 믿을 수 없는 흔적을 남기는구나. 하기야 내 오십이 넘었으니, 네놈이 이렇게 건실하게 큰 것도 당연하겠지."

"당 대협께서도 기체만강 하셨습니까?"

"너 보기에는 당장 오늘내일할 것 같으냐?"

"당치도 않은 말씀이십니다. 여전히 짓궂으십니다."

"짓궂기는 네놈이 더했으면 더했지. 오십 년을 넘게 살면서 어른 머리에다가 달걀을 집어 던졌던 놈은 네가 처음이었다, 이놈아."

신의건이 편안한 웃음을 지었다.

두 눈 가득 흐르는 정기와 의로움은 대장부라 불리어도 부족함이 없었다. 또한 일신에 가득한 재주 역시 천하에서 드물 정도로 낭랑하니 가히 귀인과 같았다.

백성곡은 나직이 감탄했다.

장강의 물결이야 흐르는 대로 나아간다지만, 요새 젊은이들은 정녕 이전과 달랐다. 적어도 그가 보았던 젊은이들의 힘은, 다른 고수들과 비교해도 능히 대단하다 할 수 있었다.

게다가 이토록 건실하기까지 하니, 이러한 젊은이가 나중에 커 천하의 안위에 신경 쓴다면 오죽 좋겠는가.

"인사를 한 번 더 받으시지요."

"왜?"

"이전의 인사는 높으신 선배님들에 대한 인사였고, 이번의 인사는 목숨을 걸고 의(義)를 위해 한 몸 바치신 열사(烈士) 두 분께 드리는 인사입니다."

그는 그대로 절을 올렸다.

극공의 예였다.

백성곡은 결국 웃어 버렸고, 당무환은 뚱한 얼굴이었다.

"빌어먹을 놈. 아주 지랄도, 지랄도 이 정도면 개지랄이다. 썩 일어나거라. 네놈 인사나 받자고 뼈마디 쑤신 몸을 두드리며 예까지 온 줄 알았느

냐? 이놈이 뭘 먹고 컸는지 쓸데없는 걸 많이도
배워서 왔구먼."

결국 신의건만 머쓱해지고 말았다.

"절할 시간 있으면 가서 술 너덧 병이나 가지고
와라. 내 오늘 네놈 주량이나 확인해 봐야겠다."

"암요. 당 대협과의 술자리라면 당장이라도 준
비해야지요."

"최상급 여아홍을 대령하렷다. 알겠느냐?"

"저한테는 돈이 그리 많지가 않은데……."

당무환은 콧방귀로 그의 말을 잘라 버렸다.

"부잣집 자제 놈이 소심하기가 강아지 오줌줄기
보다 더하다. 볼기짝을 얻어맞고 싶은 것이야? 어
디서 장난질이냐? 그럼 무일푼인 내가 대령하리,
아니면 백 선배님께서 손수 대령하리? 확, 빨리
안 갔다 와?"

모처럼 만난 인연이기에 당무환의 기분도 좋은
모양이다.

백성곡은 중간에서 연신 웃음을 터트렸고, 신의
건 역시 기분 좋게 웃었다.

"뭐 어쩌겠습니까? 아버지께서 제법 꽁생원이

시지만 부탁 한번 드려 보지요. 설마 두 분 대협을 위해서 비상금을 아끼시겠습니까?"

"말하는 본새 보소. 지 아버지한테 꽁생원이 뭐야, 꽁생원이. 잔말 말고 냉큼 갔다 와. 술 달라고 뱃속에 거지들이 아우성이다."

"알겠습니다!"

서둘러 문고리를 잡은 신의건은 문득 생각이 난 듯 당무환에게 물었다.

"한데, 당 대협."

"왜? 가기 싫어?"

"아니, 그게 아니라. 혹 여기에 진형 없습니까?"

"진형? 진형이 누구야? 너 아는 사람을 왜 나한테서 찾는 거냐?"

"이름은 조월이라고 하는데, 저 덕청현 호상객잔에서 우연히 만나 인연을 맺었습니다. 왕의 후예이니, 분명 선배님들도 아는 이름이겠지요? 이사람이 본가에 찾으면 나와 술 한잔하기로 했는데어째 옷자락 한번 본 적이 없어서 그럽니다."

당무환이 고개를 갸웃했고 백성곡은 크게 웃었다.

"이보게, 무환이. 그래도 조월 그 사람이 사람 보는 눈은 있는 모양이로군. 아주 냉담한 사람은 아닌 것 같으이."

"그럴 인간이 아닌데…… 용케도 저 망나니와 교분을 맺었습니다. 하긴 살기가 그토록 강렬한데 제정신이 아니었겠지요."

당무환은 털털하게 웃으며 신의건에게 말했다.

"네가 그렇게 찾고 싶은 진형은 당분간 일이 있어 출타했다. 아무래도 너 보기 싫어서 빨리 떠난 것 같기도 한데?"

신의건이 입을 떡 벌렸다.

　　　　*　　　　　*　　　　　*


목적지가 정해지는 순간 진조월의 행동은 거침이 없었다.

최소량의 식량을 품에 안고 그는 영원한 친우이자 자신의 불길을 전도해 줄 철검을 허리에 매단 채, 그날 바로 서호신가에서 출발했다.

바람처럼 달리는 진조월의 신형은 한 점의 흔들

림도 없었다. 가만히 뒷짐을 쥔 채로 두 다리만 한 번씩 움직이는 데 한 발을 내딛을 때마다 무려 오 장이 넘는 거리가 쭉쭉 밀려갔다.

그 속도 또한 무시무시한지라 그 뒤를 따르는 여설옥과 제영정은 죽을 맛이었다.

여설옥의 무도는 재빠른 보법과 날랜 신법을 함께 이용하여 순식간에 상대의 허를 찌르는 신속(迅速)의 검이었다. 더군다나 그녀의 무재가 낮지 않고, 몸이 원체 가벼우며, 신경 역시 좋아서 그나마 진조월과 보조를 맞출 정도는 되었다.

문제는 제영정이었는데, 천재라 불릴 정도로 감각이 좋은 그였지만, 그의 무도는 순간의 파고듦으로 일격에 상대를 격살하는 일격필살(一擊必殺)의 형상인지라 아무래도 신법에서는 취약할 수밖에 없었다.

다만 무공을 수련함에 있어 하체의 단련을 중시하였기에 악으로나마 버틸 수 있었던 것인데, 그 또한 둘을 따라가면서 파탄을 드러내고 있었다.

결국 제영정의 호흡이 흐트러지고 신체의 균형이 무너질 때쯤, 진조월은 신형을 멈추었다.

그는 공터의 숲으로 들어가고, 뒤를 따르던 여설옥과 제영정 역시 그를 따랐다.

그나마 걸어서 그런지 제영정은 금세 멀쩡한 신색을 회복했으나 표정이 좋지는 않았다. 왠지 짐이 된 것 같아서 마음이 편치 않았던 것이다.

나무 몇 그루가 훌륭한 울타리로 변모한 곳에서 셋은 앉아 쉬었다.

진조월은 나무에 등을 기대며 가만히 팔짱을 꼈다. 그는 둘과 함께 하면서도 필요할 때 아니면 입을 열지 않았다. 너무 과묵하고 차갑다.

여설옥과 제영정은 어색함을 감추기 어려웠다. 며칠간을 어색함 속에서만 보내 왔다. 여설옥은 가만히 앉아 있다가 분위기를 쇄신하고 싶어 조금은 쾌활하게 입을 열었다.

"사형의 신법은 처음 보는 종류의 것이군요. 스스로 깨우친 것인가요?"

타인의 무공을 함부로 캐묻는 것은 강호 도리상 예의가 아니었다. 정말 가까운 사이가 아니라면, 함부로 알려 주지도 않고 말하기도 꺼려한다.

이 한 번의 물음으로 여설옥은 그와의 거리를

조금 좁히고 싶었던 것이다. 무인은 역시 무도에 대해 이야기할 때 가까워지는 법 아니겠는가.

그래도 조금은 주저할 거라 생각했는데, 놀랍게도 진조월은 순순히 대답해 주었다.

"환신공공비(幻神空空飛)다."

"환신공공비? 그런 무공은 들어 본 적이 없는걸요?"

"과거 마도제일신법(魔道第一身法)으로 불렸던 공부다."

마도의 공부를 이은 진조월.

그의 권장법이나 검법은 물론이거니와 신법에서 보법까지, 그가 익힌 모든 것은 마도의 절학이었다.

과거, 하나로 뭉쳐 발호한 이후 대륙의 절반을 점거했던 마도 무리 천마궁(天魔宮)은 비록 발호한 이후 이 년 만에 멸망의 길을 걸었지만, 천마궁 소속의 마인들이 선보였던 무학들은 하나하나가 가히 불세출의 절기라 불리기에 부족함이 없었다.

당금에 이르러 사악하기 짝이 없다는 마도(魔

道)의 경계가 모호해졌지만, 그때만 하더라도 정
파와 사파, 마도의 경계는 확실하여 어느 한 곳에
적을 두지 않은 무인이 있었다면 배척을 받았다.

동시에 정종의 무공을 익혔던 이들도 마도에 소
속이 되어 일전을 불사르던 시기였고, 또한 마도
의 마인들 중 일부 역시 정도를 걷겠다며 정파에
영역으로 들어서 동지라 할 수 있는 이들과 싸웠
던, 그야말로 혼란이 극에 달했던 시기가 분명히
있었다.

흔히들 말하는 마공(魔功)과 신공(神功)이 결합
하는 순간이었다.

마도의 색이 짙은 무공은 보통 파괴적이고, 피
를 보기 두려워하지 않는 무공이 많았지만, 역천
의 산물, 마기(魔氣)를 씻어 낸 무공도 많이 출현
했으며, 정파의 무공 역시, 마공의 파격적인 수법
들을 받아들여 개량되어졌다.

결국 근본을 따지자면 진조월은 철혈성의 제자
보다는 천마궁의 후예라는 칭호가 더 맞을 것이
다.

익힌 무예가 그러했고, 파격적인 시선이 그러

했다.

같은 성에서 컸지만 진조월은 마도 절기를 익힌 무인이었고 여설옥과 제영정은 철혈성주가 직접 사사하였으니, 사형제지간이라도 같을 수는 없었다.

괜히 그 벽을 들춰낸 것 같아서 여설옥은 민망해졌다.

제영정은 가만히 있다가 물었다.

"이전에 저와 싸울 때 말입니다."

손속을 나눴을 때를 입 밖으로 꺼낸다.

여설옥은 살짝 놀랐지만 굳이 막지는 않았다. 어차피 나중에라도 한번쯤은 언급이 될 과거사였다. 풀려면 당장 풀 수 있는 것이고, 풀지 못하면 나중에라도 풀면 되는 것. 그녀는 마음을 편안하게 먹었다.

진조월도 특유의 차가운 눈동자를 제영정에게 고정시켰다.

"손도 대지 않고 저에게 만근의 압박을 가하셨지요. 그 수법의 이름은 무엇입니까?"

"압벽장(壓劈掌)이다."

"압벽장? 혹 그것도……?"

"마도십대장공(魔道十大掌功) 중 수위를 다투는 무공이다."

이것도 마도의 무공.

여설옥은 고개를 저었다.

"도대체 몇 가지나 되는 마도의 무공을 익히고 있는 거죠?"

진조월은 잠깐 입을 닫았다가 재차 열었다.

"서른여섯 가지."

둘은 입을 떡 벌렸다.

마도의 절기 서른여섯 가지라면, 이건 말도 안 되는 숫자였다.

더군다나 일견해도 하나하나가 능히 천하를 진동케 할 만한 절학인 듯한데, 그런 걸 서른여섯 가지나 익혔다?

소림에는 그 유명한 칠십이종절예(七十二種絶藝)가 있어 하나만 제대로 익혀도 평생 강호의 고수로 행세할 수 있다고 한다.

무학이라는 것이, 종류를 많이 익힌다 하여 무조건 고수가 될 수 있는 것은 아니었다. 하나만

제대로 파서 극의(極意)를 이룰 때, 더 가치가 빛
날 수도 있는 것이다.

소림의 전설적인 고수이자 덕망 높은 고승이며
육조로 유명한 혜능(慧能)은 칠십이종절예 중 총
예순다섯 가지의 절학을 익혀 전설로 회자되었다
고 한다.

한 사람이 하나의 무공을 대성하기도 어려운 판
에 예순다섯 가지의 절학을 대성했다면 이는 이미
인간이라 보기에 무리가 있으니까.

그 정도는 아니지만 서른여섯 가지의 마도 절학
을 익혔다면 진조월 역시 충분히 괴물이라 불리기
에 부족함이 없는 바, 그러나 그는 익히는 과정일
뿐, 정작 대성에 이르도록 익힌 무학은 한두 가지
에 불과했다. 아직은 그 역시 많이 모자란 것이
다.

그러나 그것만으로도 충분히 놀랍다.

진조월을 바라보는 여설옥과 제영정의 얼굴이
경악으로 물든 것은 이유가 있는 것이다.

하지만 진조월의 표정은 변함이 없었다.

아직도 부족하고 부족하다. 철혈성주의 섬멸을

위해서 달려가는 그에게는 한참이나 멀었다.

칠왕들의 무학은 능히 천하에서 짝을 찾기 어려울 정도이지만, 철혈성주는 이미 이십여 년 전부터 천하제일인(天下第一人)으로 공인받은 바 있었다.

죽음을 불사하는 노력이 있었고, 선대의 희생에 의한 기연도 있었지만, 철혈성주와 대결하기에는 아직도 부족함이 많았다.

폐인이 되어야만 철혈성주를 죽일 수 있다면, 그는 진심으로 폐인이 될 각오도 있었다. 하지만 세상이 어찌 그럴 수 있겠는가. 그를 막고 파멸시키기 위해서는 그 못지않은 무학을 깨우쳐야 함이 당연하다.

그는 문득 광야종을 떠올렸다.

광기 어린 무공. 펼치는 순간, 이성을 잃게 되면 스스로 악마가 되어 버리는 파괴적인 야수성이 육신과 정신을 지배한다.

하지만 분노와 광기, 공포 등 강렬한 감정의 폭발로 나아가는 힘은 마력적이라 할 수 있을 터.

설령 철혈성주보다 한발 뒤쳐진다 하더라도 광

야종을 극한까지 펼친다면 승산은 있을 것이다.

문제는 철혈성주보다 한발 뒤처지는 정도가 아니라 몇 발은 뒤처진다는 것이다.

한발만 나아가는 데도 극에 이른 깨달음이 필요한 셈이니, 연이 닿는다면 내일이라도 그의 수준에 도달할 수 있지만, 연이 닿지 않는다면 늙어 죽을 때까지 노력해도 그곳까지는 닿지 못할 것이다.

제영정은 잠깐의 놀라움을 수습했다.

그는 성내 수많은 사람들에게 들었다. 철혈성 내에 있는 모든 무인들 중 가장 재능이 출중한 사람이라고. 그것이 맞는 소리인지 모르지만, 어렸을 때부터 들어왔기에 약간의 자부심은 있었다.

한데 자신보다 아홉 살 많은 진조월은, 도저히 그 나이대에 이룩할 수 없는 경지를 밟아 가고 있었다.

마도의 절기라 한들 마도 내에서도 손꼽히는 무공이라면 그 어려움이 정종의 여느 신공보다 더했으면 더했지 못하지는 않았을 터인데, 그것들을 서른여섯 가지를 익히고, 몇 개는 대성에 이르도록 체득했다면 이미 사람의 재능이 아니었다.

대사형인 모용광 역시 신비한 재능으로 이미 성내에서 대적할 만한 무인이 손가락에 꼽히는데 진조월의 성취는 능히 그에 준할 만했다. 하기야 일단 오왕의 뒤를 이었다면 이미 초인이라 불리어도 부족하지 않으리라.

진조월은 가만히 그들을 보다가 고개를 돌리며 말했다.

"재능은 실상 중요한 것이 아니다."

"에?"

"재능은 시작점을 앞으로 당긴 것에 불과해. 결국 끝까지 도달하기 위해서는 피를 토하는 노력이 전부다. 그리고 깨달음이야. 목표 지점에 도달하는 건 결국 끈질긴 사람이다."

"끈질긴 사람……?"

"천재가 노력하면 그만큼 좋은 게 없지. 하나 결국 모든 것을 이루기 위한 둔재의 노력도 그에 뒤지지 않아. 오히려 절실함은 배가 되니 흔히들 말하는 기적을 일굴 가능성도 높아져만 가는 것이다. 뜻을 이루기 위한 질주는 만인에게 평등하다.

현실이 힘들다고 푸념하는 이들은 설령 많은 노력을 했음에도 중도에 포기한 자들에 불과한 것이지. 하늘은 냉정한 듯하지만 결코 모든 것을 다 앗아 가진 않는다. 빼앗는 게 있다면 주는 것도 있다."

이렇게 뭔가 가르치기 위해 많은 말을 한 것은 진조월로서도 오랜만이었다.

공유하기 위한 대담이 아닌, 사제들을 깨우쳐 주게 하기 위한 말이었다. 그의 성격을 본다면 믿어지지 않는 일이지만 멈추지 않았다.

제영정과 여설옥이 노력하는 것만큼이나, 그 역시 실상 많은 노력을 기울이는 중이었다.

애초에 이런 자리에 함께하는 것부터가 그에게는 파격적인 일이었다. 처음 제영정과 손속을 나누었을 때, 그에게 의미심장한 말을 건네었던 것도 모두가 그를 위해서였다.

아니, 정확하게는 스스로의 답답함 때문에 은근슬쩍 건넨 내용도 있었을 것이다. 그러나 그 사람이 제영정이 아니었다면 애초에 말조차 꺼내지 않았을 터.

진조월은 가볍게 한숨을 쉬었다.

진조월과 만난 이후로 그가 한숨을 쉰 걸 처음 본 제영정과 여설옥은 괜히 어색하여 눈알만 데굴데굴 굴렸다.

뭔가 말을 꺼내야 할 것 같은데 막상 할 말은 없었다.

진조월은 가만히 일어나 저 높은 나무 한곳을 바라보았다.

어둠에 휩싸여 잘 보이진 않았지만, 그곳에는 시커먼 까마귀 한 마리가 앉아 있었다.

오왕.

사람의 명칭 역시 오왕이고, 까마귀의 이름 역시 오왕이다.

진조월의 차가운 눈동자와 닿은 까마귀는 한차례 시끄럽게 울더니 거칠게 날아올랐다. 어둠에 동화된 까마귀의 모습은 잘 보이지도 않았지만, 시커먼 왕이 남기고 간 소름끼치는 공포는 어느 고약한 장막처럼 스산하게 내려앉는다.

까마귀는 먼저 찾아갈 것이다. 저승으로 갈 손님의 위에 앉아 시끄럽게 울어 댈 것이다. 그리고 그들의 불운을 비웃어 줄 것이다.

일방적인 전령을 보낸 진조월이 여설옥에게 말
했다.

"일어나라."

"에?"

"이쪽은 한판 붙었으니 너와의 대련을 하고 싶
다."

파격적인 제안에 제영정과 여설옥의 입이 떡 벌
어졌다.

그동안 보여 주었던 진조월의 모습과 너무 달라
서 그들은 적응하기가 쉽지 않았다.


                    *          *          *


질 좋은 화의(華衣)를 입은 남자는 비록 머리의
반이 하얗게 덮였지만, 원체 젊어 보여서 사십이
나 되었을 것 같았다.

적당한 체구에 적당히 잘생긴 얼굴은 젊었을 적
여인들의 방심을 꽤나 흔들었을 듯싶다.

휘적휘적 적당한 각도로 팔을 휘두르며 걷자 중

년인의 손이 드러나는데, 그의 손도 기이할 정도로 하얘서 여인의 섬섬옥수(纖纖玉手)와 같으니, 전체적으로 고생 한번 해 보지 않은 부잣집 주인의 행세라 할 수 있겠다.

하지만 그를 아는 사람들은 절대로 이 중년인을 함부로 판단하지 못한다. 가까이 하려고도 못한다.

남천독군 명완석.

현 철혈성 소속 녹귀단의 단주이며, 천하삼대독인(天下三大毒人)의 일인.

일수에 노룡채를 쓸어버린 독공의 달인이자 천하의 고수로 이름이 높은 청금수를 일장에 저세상으로 보내 버린 희대의 살성(殺星).

"좋구먼."

그의 음성은 온화한 얼굴만큼이나 부드러웠다.

누가 이 사람을 천하의 독인이라는 남천독군으로 볼 텐가. 사박사박 눈길을 밟으며 나아가는 명완석의 몸짓은 기품이 넘쳤다.

이윽고 그의 발걸음이 멈추었다.

"호오. 네놈이 여기에 있었구나."

허리를 숙여 헐벗은 나무 밑으로 손을 뻗은 명완석은 나름 만족스러운 미소를 지었다.

얼어붙은 동토(凍土)를 기어이 뚫고 올라온 가느다란 잡초는 한 겨울에 피었다는 특이성만 뺀다면 지극히 평범해 보였다.

오히려 너무 흔해서 눈에 띌 정도이기는 하나, 남천독군이라 불리며 동시에 실력 좋은 의원이기도 한 명완석이 관심을 가지는 것은 언뜻 이해하기 어려운 일이었다.

어느새 그의 뒤에 그림자처럼 나타난 한 명의 사내가 조심스레 부복한 후 물었다.

"단주님. 그 풀쪼가리가 혹 만년삼왕(萬年蔘王)의 화기(火氣)를 받아 나타난……?"

명완석은 뒤도 돌아보지 않으며 고개를 끄덕였다.

역시나, 그의 입가에 매달린 미소는 변하지 않았다.

"정확하게 보았느니라. 풀 자체는 별 특이한 게 없지만, 이런 저온의 땅에서 새싹을 피기 위해서는 영기(靈氣)와 화기가 조화된 만년삼왕의 채력

(菜力) 없이는 불가능하지. 예측이 맞았다."

"경하 드립니다. 드디어 찾으셨군요."

"아직 기뻐하기는 이르다. 앞으로 만년삼왕의 근원지를 찾기 위해서 며칠을 더 소비해야 할지 알 수가 없는 것인 즉, 아이들을 풀어 이 일대에 새싹을 찾아내어 구역을 정리하라 이르거라."

"명을 받들겠나이다."

가만히 허리를 편 명완석은 하늘을 보았다.

날이 밝아 아침의 해가 쨍쨍 쬐는 날이었다. 구름도 한 점 없고, 추운 겨울에 어울리지 않는 포근함마저 느껴진다. 마치 자신의 앞날도 이와 같음이 아닐까 생각하여 그는 진심으로 미소 지을 수 있었다.

그렇게 얼마나 지났을까.

이전에 사라졌던 사내가 다시 명완석의 뒤에 나타나 부복한다.

"새싹은 곳곳에서 발견되었지만, 그 구역이 너무나 넓어 저희들의 인력으로는 한계가 있을 듯싶습니다. 하지만 시간을 더 주신다면⋯⋯."

명완석은 여전히 미소를 지은 얼굴로 그의 말을

끊었다.

"이십 년 전, 이 근처를 배회하다가 문득 달아오른 영기가 있어 조만간 희대의 영약이 모습을 나타내리라 내 짐작을 했었다. 본디 영약이라는 것이 품고 있는 기가 있어, 신기하게도 날이 더울 때는 음한 영약이 나타날 시기이고, 날이 추울 때는 양강의 영약이 나타날 시기라 하지. 그때도 이렇게 내 발밑에는 반쯤 언 눈이 가득하였느니라."

그는 조그맣게 고개를 내민 새싹을 뽑았다.

신기하게도 뽑힌 새싹은 시간이 지날수록 쪼그라들었는데 그 속도가 식물의 죽음이라고는 믿어지지 않을 만큼 빨랐다.

"내 독을 공부하고 인체를 해부하며 무수한 약재를 다루었다. 하나 이곳에서 느낀 영기는, 그간 접해 본 그 어떠한 영기보다도 농도 짙은 기를 발산하고 있었다. 내 만약 독공을 연마하지 않은 일개 무인의 신분이었다면 결코 느끼지 못했을 정도로 청아하기 짝이 없는 기운임에, 그저 한 모금 들이마시는 것만으로도 절로 호연지기가 일어 세상이 내 것만 같았지. 당세에 이와 같은 영약이라면 가히 다섯 손가락 안에 꼽힐 것이고, 실제 있는지조차 의문인 영약이 무려 세 가지가 들어 있었으니 자연 압축이 되지. 남은 그 두 가지의 영약이 바로 극한의 빙기(氷氣)를 머금은 빙음정(氷陰晶)과, 용암과도 같은 화력을 품은 만년삼왕(萬年蔘王)이었으니, 동장군(冬將軍)이 기승을 부릴 이때에 화기와 영기를 발한다면 다시 볼 것 없이 만년삼왕임이 분명하지 않겠느냐?"

뒤에 선 사내의 고개가 절로 숙여졌다.

"단주님의 혜안과 복이 실로 하늘에 닿았음입니다."

"만년삼왕은 지닌바 화기가 지나치게 강렬하여 단약으로 제조하기 위해서는 석 달 열흘의 시간이 필요하며, 불순물을 제거하기 위한 다른 영약들도 필요하다. 만약 만들어진 단약을 최상급의 심법(心法)으로 온건히 녹여 낼 수 있다면 그자는 내공력(內功力)만큼은 천하에서 제일이라 자부해도 될 것이다. 또한 불순물을 모아 햇볕에 말려 일정 시간 가공을 거친 후 가루로 만들면 그 자체만으로도 최악의 극독이 만들어지는데, 이것이 바로 독인들이 꿈에서나 그리워할 화신괴독(火神怪毒)이다. 설령 등봉조극(登峰造極)이라는 지고한 경지에 오르신 성주님이라 한들 극소량만 흡입해도 반 각 이내 내장이 불타올라 혼과 백이 분리될 터. 이렇듯 만년삼왕은 범부에게도 무인들에게도 그리고 특히나 우리 독인들에게 지상 최고의 영약이 됨을 부인하기 어렵겠지."

명완석의 미소가 점점 짙어졌다.

"뿐이랴? 이곳을 발견한 이후, 오독궁에서 금기시했던 최악의 마물을 생산해 낼 수 있다는 자신감을 얻었다. 그 마물은 순도 높은 기를 머금은 경력에도 육신에 상처가 나지 않으며, 물에서도 자유롭고 불에서도 자유롭다. 심지어 세상 어떠한 독에도 면역력을 가질 수 있어 말 그대로 금강불괴(金剛不壞)에 만독불침(萬毒不侵)의 육체를 가진 마물을 탄생시킬 수 있느니라. 만년삼왕이란 누구에게나 그렇지만, 특히나 나에게는 부모, 형제, 친우, 군왕, 신하 그 모든 이들보다도 우선이 되는 꿈이다."

순간 명완석의 눈동자가 잔혹한 한기를 발했다.

고약한 살기와 독기로 범벅이 된 녹안(綠眼)이 뒤통수를 스치자 부복했던 사내는 몸을 부르르 떨었다.

"한데 그런 내 앞에서, 감히 인력이 모자라니 시간을 더 주니 하는 개소리를 지껄인단 말이냐?! 정녕 네놈이 죽지도 살지도 못한 채 평생을 고통 속에서 단말마의 비명을 지르는 광인이 되기를 바라는 것이야! 네놈의 육신과 네놈의 혼과 네놈의 모든 인연들을 삼도천 강물 밑바닥으로 처박아 주길 바라느냐!"

"소, 속하를 용서해 주십시오!"

"움직여라. 오늘 해가 넘어가기 전 이곳 일대 전부를 샅샅이 뒤져 구역의 표시를 해 두어라! 만년삼왕을 캐내기까지 정확하게 오 일의 시간을 주겠다. 그 이후의 시간이 지난다면, 아무리 총애하는 내 제자이자, 단원이라 할지라도 지옥을 맛보게 해 주리라!"

"명을 받들겠습니다!"

그렇게 녹귀단에서 명완석의 가장 큰 신임을 받는 열 명의 고수들은 안탕산 일대를 샅샅이 수색

하기 시작했고, 명완석 역시 만년삼왕의 약기와
영기를 찾으려 고군분투를 하고 있었다.

그래서 그들은 알지 못했다.

그들의 머리 위로 한 마리의 거대한 까마귀가
날아올랐다는 것을.

무너지지 않은 절벽에서 천 년의 시간 동안 그
자리를 지킨 노송(老松)의 팔뚝에 앉아 그들의 얼
마 남지 않은 생을 비웃어 주는 존재가 있다는 것
을, 그들은 알지 못했다.


                *        *        *


남궁가의 두 남매는 이번 서호신가의 방문에서
많은 것을 배우고, 그만큼의 충격도 받았다.

남궁소소는 스스로 얼마나 우물 안에 개구리였
는지 깨닫게 되었으며, 남궁호는 삼 년의 폐관을
마치고도 여인의 칼날에 한 수 뒤지는 자신의 무
학에 회의를 느껴야만 했다.

그 중심에는 강소란이 있었다.

봉황상도 강소란.

남북십걸 중 남오걸의 일인이며, 지난바 무위는 나이에 맞지 않게 절정에 달하여 가히 십걸 중 수위를 다툰다는 불세출의 여걸.

특히나 남궁소소도 남궁소소였지만, 남궁호가 받은 충격은 가히 산사태에 준할 만했다.

삼 년의 폐관이었다.

침식을 잊고, 오로지 검과 무도만을 생각하며 벽을 바라본 채 명상을 하였다. 최소한의 식량으로 생명을 유지하면서 그간 배운 검도(劍道)의 나아갈 방향을 깨닫고, 이전보다 훨씬 다듬어진 무공으로 스스로를 세울 수 있었다.

당장 그의 나이에 남궁가 사대검학 중 두 가지를 그토록 수월하게 펼칠 수 있었던 자는 일찍이 찾아보기 어려웠으니, 그의 재능도 가히 천재의 영역에 다다랐다고 볼 수 있을 터.

그럼에도 강소란의 살벌한 칼질에는 당해 내지 못했다.

거의 오백여 년에 달하는 남궁세가의 검학이란, 그 세월만큼의 무게를 더한다.

정종(正宗)의 무학.

역사를 만들어 가며 다듬어지고 강해지길 반복한 남궁가의 검학은 이미 강호에서 짝을 찾기 어려운 수준으로 개화하였다.

강소란의 칼은 어떠한가.

명문가의 절제된 검학이 아닌 끊임없이 살상하고 움직이길 반복하는 칼로써 태생 자체가 전장이었다. 투쟁과 피의 흐름 속에서 깨어난 강소란의 도법은 비록 위력에서 남궁가의 검학에 준할 정도로 대단했지만, 단순한 깊이에서는 남궁가의 검학보다 뒤지는 것도 사실이었다.

그럼에도 자신이 졌다.

남궁호는 그것이 충격이었다.

하지만 충격에 임하는 자세가 남궁소소와는 다른 그였다.

남궁소소는 생각하고 또 생각하며 홀로 움직이고 깨우치는 방향으로 잡았다면, 남궁호는 알 때까지 검만 휘두르는 우직함이 있었다. 그는 강소란에게 반수의 차이로 패배를 당한 뒤, 아무런 부끄러움도 없이 그녀에게 다시 대무를 신청하였다.

강소란에게 대무를 신청하는 남궁호의 눈동자는

패배의 아픔보다 무도에 대한 열망이 더욱 컸다.

강소란이라고 다를 텐가.

비록 반수의 차이로 이겼다지만, 그녀 역시 남궁호의 검에 크게 놀랐다.

집중에 집중을 더해 이겼을지언정 아주 약간만 방심했더라도 오히려 자신이 패배했을 터, 둘의 실력은 누가 이겨도 이상하지 않을 정도로 박빙이었다.

투쟁을 밥 먹는 것보다도 좋아하는 둘은 결국 후원에서 하루에 몇 번씩이나 칼을 맞대었다.

놀랍게도 결과는 항상 강소란의 승리였다.

반수의 차이였지만, 마지막을 장식하는 칼은 그녀의 살벌하고도 거센 칼질이었다.

남궁호는 수많은 패배를 당하면서도 마지막에 역전을 당하는 상황을 믿을 수 없었다.

실상 그것은 강소란 역시 어리둥절한 것이었으니, 직접 칼을 맞댄 당사자라 해도 아직 초월자의 영역에는 들지 못한 이들의 눈이었기에 파악하기도 난해한 이유였으리라.

당무환은 둘의 대결을 보며 혀를 찼다.

"쯧. 이긴 놈은 자기가 왜 항상 이기는지도 모르고, 진 놈은 자기가 왜 항상 지는지도 모르니 이런 희극이 또 있나 모르겠군. 대륙 최고의 후기지수들이라 해도 아직 어리긴 어린 모양이다. 더 배워야겠어."

그들의 살벌한 공방전을 지켜보던 남궁소소는 당무환의 말에 저절로 고개가 돌아갔다.

"숙부님은 왜 이런 상황이 자꾸만 벌어지는지 혹시 아시나요? 부끄럽지만 질녀의 눈에도 이상한 것은 보이지 않는데, 꼭 마지막에는 강 언니의 칼이……."

"그것은 상성의 문제이니라."

상성의 문제.

상생(相生)과 상극(相剋).

서로 함께 생하는 기운이 있고, 서로 반목하여 무너뜨리는 기운이 있는 법이다. 이는 음양오행(陰陽五行)의 설에서 주로 다뤄지는 개념으로 곧 세상의 이치와도 닿아 있다고 할 수 있겠다.

무 역시 세상의 일부.

당연히 무도에도 상생과 상극은 존재하며, 이는

곧 독과 물이 어우러지지만 독과 불은 양립할 수 없다는 바와 비슷하다고 할 수 있겠다.

"저 강소란이라는 아이가 펼치는 도법은 필시 남송시절 탄생하여 지금까지 개량이 된 백팔단혼 도법이 분명할 터. 너 역시 직접 상대해 본 경험이 있을 터인 즉, 그녀의 도법은 어떠하냐?"

"강 언니의 도법은 적재적소에 틈을 파고드는 힘이 있습니다. 사나운 기세와 강렬한 존재감으로 상대방의 기세부터 꺾는 단호함이 배어 있어요."

"네가 말한 사나운 기세나 존재감, 단호함 등은 모두 강소란이라는 아이가 강호를 주유하며 실전을 겪고, 그 와중에 깨달은 그녀 스스로의 성정일 뿐, 무공과는 연관시키기 어렵다. 네 말은 반은 맞고 반은 틀렸다."

남궁소소는 어리둥절해졌다.

"네?"

"저 아이의 백팔단혼도법은 일견 무척이나 공격적이고 사나워 보이지만, 그 근본을 본다면 유능제강(柔能制剛)의 묘리와 후발선제(後發先制)의 도리를 품고 있다. 당연하다면 당연한 것이지. 전쟁터는 북새통이다. 언제 창칼이 날아와서 자신의 등을 뚫을지도 모르는 상황 아니더냐. 오로지 직선과 빠름만이 전부다. 광기와 피가 난무하는 곳에서 살아남기 위해서는 냉정하게 상황을 판단하여, 부드러운 대처로 목숨을 부지하는 것이 먼저일 터. 강소란의 도법은 바로 그러한 묘리를 극한까지 살린 도법이라 할 수 있다. 기세로 먼저 이기되 상대방의 공격을 받아넘겨 일도(一刀)에 숨통을 끊어 버리는 단호함까지 실린다. 반면 호야의 검은 어떠하냐?"

남궁호의 검.

섬전십삼검뢰와 천풍검식이라는 강호일절의 검학은 남궁소소도 잘 알고 있었다. 실제 그녀가 지금까지 배운 검학의 이름이 섬전십삼검뢰가 아니던가.

"섬전의 검은 빠르고, 천풍의 검은 웅장하다. 직선과 강렬함을 최대치까지 살린 명문가의 검이라 할 수 있지. 그것이 체계적으로 정립되어 지금에 이르렀으니, 강함[强]과 빠름[快] 속에 부드러움[柔]을 품었다. 단순한 절기상의 문제로는 백팔단혼도법에 지지 않으나, 호야는 오로지 무공 자체의 맛을 살리는 데에 치중하였다. 그것이 나쁘다는 것은 아니지. 이토록 젊은 나이에 이 정도의 경지까지 왔다는 것은, 분명 찬사를 받을 일이다. 하나 아직 강함의 강도가 약하다 보니 강소란의 칼에 항상 역전을 당하는 것이다. 호야 정도의 검이라면 강호 어디에도 통하겠지만, 같은 수준의 고수가 유(柔)의 원리를 제대로 파악하고 있다면 십중팔구 패배를 당한다. 이대로 계속 스스로의 검을 성장시켜 부드러움 자체를 뭉개 버릴 정도의 강렬함으로 살리든지, 아니면 상생의 묘리를 되새겨 스스로의 검에 강유의 조화를 살리든지 택일을 해야만 할 것이다."

생각지도 못한 무도에 대한 강론이었다.

남궁소소는 눈을 크게 뜨고 당무환을 바라본다.

당무환의 표정은 준엄했고 진지했다.

"물론 단순히 그런 것만으로 차이가 나는 건 아니다. 둘의 힘은 백중세라, 실상 호야가 이기든, 강소란이라는 아이가 이기든 놀라울 것이 없다. 하지만 항상 강소란이 마지막에 이길 수 있는 바는 바로 심리전의 작용이 크다."

"심리전이라뇨?"

"너도 이제는 깨달았겠지만 실전이란 어떠한 변수가 일어나도 이상하지 않을 도박판과 다를 바 없다. 그러나 몇 년 동안 도박판에 굴러 도박판의 생리를 아는 자와, 과거 몇 번 주사위를 굴렸다고 도박판의 생리를 알았다 착각하는 자의 실력은 클 수밖에 없지. 실력의 문제를 떠나서라도 분위기를 읽는 수준부터가 다른 것이다. 강소란이라는 저 아이, 스스로 인식하고 있지는 못하지만, 살기를 적재적소에 발하여 호야의 심리를 흔들고, 변초와 허초를 뒤섞어 웅장한 호야의 검을 초반부터 무너뜨리고 있다. 실전을 제대로 겪었다는 뜻이지. 가히 실전무학의 완성형을 향해 달리고 있다는 것이야. 아직 피 튀기는 전장에서의 경험이 적은 호야로써는 저 안개처럼 파고드는 살기와 심리전에 대응할 방법이 없을 것이다. 그 모든 것이 하나로 합쳐져서 '승리'의 두 글자를 가져가고 있다. 그걸 모르는 호야는 이 상태로 백날 싸워 봤자 패배밖에 얻을 길이 없으리라."

당무환의 눈에 위엄과 자비가 공존한다.

남궁소소는 홀린 듯이 그의 눈을 바라보았다.

"소소야, 보고 듣고 깨달아라. 무공만 강하다고 살아남을 수 있는 세상이었다면 천하제일인을 빼고 전부가 죽었을 것이다. 살아남은 자가 강한 것이고, 그래서 세상은 유기적인 관계로 돌아가는 게야. 거친 세상에 나왔으니, 거칠 게 살아야 하는 건 당연하다. 온실 속에서 살기보다 잡초처럼 질기게 살아야만 한다. 그것이 네가 사는 길이며 너 스스로 완성되는 가장 빠른 지름길이다."

남궁소소는 고개를 조아리며 숙부의 천금 같은 말을 되새겼다. 돈을 주고도 듣기 어려운 수준 높은 강론이었고, 피와 살이 될 수 있는 내용의 말이었다.

당무환의 위엄 어린 눈이 남궁소소를 거쳐 남궁호와 강소란에게 닿았다.

특히 강소란을 바라보는 당무환의 눈은 유독 빛나고 있었다.

'저 정도 재목이라면……'

잊힌 두 왕의 무학.

사장되지는 않았으나 인재를 찾지 못하여 아직
까지 세상에 나타나지 않는 공부들.

  능히 이어 갈 수 있으리라.

  당무환은 생각에 생각을 거듭했다.


          *          *          *


  진조월은 좋은 스승이 아니었다.

  말보다는 대무를 통해 이야기하였고, 안 되면
자극을 주면서 억지로 깨우치도록 만들었는데 그
방법이라는 것이 워낙 혹독하고 비인간적이라 만
약 제삼자가 봤다면 치를 떨었을 것이다.

  하지만 그가 행하는 것 자체는, 여설옥과 제영
정에게 꿀물과 같았다.

  모든 이유를 떠나 사형으로서 사제들에게 가르
침을 내려 준다.

  굉장히 거칠었지만, 확실하게 손속을 나누고,
필요한 만큼의 말만 정확하게 계산하여 건네준다.

  불친절한 방법이었지만, 효과는 대단했다.

  그들의 이동은 빨랐다.

거의 직선으로 봉우리를 넘어가면서 나아가는데 그 속도란 가히 전광과도 같았다. 뒤처지는 제영정은 신법에서도 제법 깨우친 것이 많았는지 이전처럼 힘들어 하지는 않았다.

진조월 역시 선두에서 무표정한 얼굴로 나아갔는데, 속으로 상당히 감탄하고 있었다.

'역시 천재들.'

여설옥도 여설옥이었지만, 제영정은 진정 깨우치는 속도가 빨랐다.

둘을 비교할 필요는 없지만, 굳이 비교한다면, 오성(悟性)에서는 여설옥이 앞서고, 본능적인 육체적 재능에서는 제영정이 훨씬 앞섰다.

불과 며칠 만에 제영정은 불안하게 흔들렸던 신법을 체계적으로 정립하여 기를 제대로 순환시켰고, 여설옥 역시 한결 가볍고 효율적인 기의 운용으로 진조월을 따라잡았다.

말이 천재일 뿐, 결국 노력하는 자를 이길 순 없다.

맞는 말이다.

하지만 그래도 천재는 천재. 앞서 나가는 힘과

강인함은 절로 혀를 내두르게 된다.

아무리 가르침이 좋아도 받아들이는 입장에서 멍청해지면 결국 가르친 만큼도 얻지 못하는 것이다. 그러나 받는 입장에서 열의가 있고 재능이 있다면 가르친 것 이상을 얻게 되는 것이다.

여설옥과 제영정은 후자였다.

매번 모든 대무와 혹독한 지도가 끝난 후에 진조월은 그간 하지 않았던 말들을 한번에 내뱉었다.

"제대로 무도에 진입한다는 것은 자신의 실력과 배운 무학을 제삼자의 입장에서 멀찍이 떨어져 객관적으로 볼 수 있어야 함을 뜻한다. 자신의 경지를 자신이 모를 때가 많은데, 그런 경우 결국 파국에 치닫게 된다. 내 실력이 어느 정도까지인지, 어떤 곳에서 문제가 발생했는지, 어떤 곳에서 문제가 발생할 것 같은지, 어떤 부분을 살려야 조화를 이룰 것인지, 이 모든 것을 한눈에 꿰뚫게 되었을 때 비로소 무인은 진정한 무도에 발을 디뎠다고 할 수 있을 것이다. 무인이 자존심이 강한 것은 옳은 일이다. 하지만 한낱 자존심 때문에 자기를 제대로 돌보지 못한다면, 그야말로 바보 같은 일에 다름이 아니다. 인정할 때는 인정할 만한 배포가 있어야 한다. 자존심만 내세운 채 볼 수 있는 눈을 썩힌다면 그때부터 정진을 거듭해도 발전은 있을 수 없을 것이다. 참고하라."

이미 한번 길을 밟아 본 자로서 말투는 냉정했지만 뜻이 깊고 진실성이 가득한 말이었다.

제영정과 여설옥은 그의 말을 들으며 가슴 깊이 새겼다. 되새기고 또 되새겨도 옳은 말인 듯싶었다.

그렇게 얼마나 달렸을까.

진조월은 희미한 기세를 느꼈다.

고고하고 아름다운 산을 지나면서 이질적인 뭔가가 감지된다.

눈 덮인 땅, 수려한 아름다움으로 치장한 남부 안탕산에서 그는 자신의 가슴을 거세게 울리는 뭔가를 느꼈다.

백성곡에 비할 바는 아니지만, 그 역시 인간이 이룩할 수 있는 영역을 초월한 강자였다. 천리안(千里眼)은 없어도 기권(氣圈)이 워낙 광범위한

지라 자연스럽지 않은 움직임을 포착하는 기술 역시 뛰어나다.

'열 명? 열한 명? 확실치는 않다. 하지만 분명……'

아주 희미하지만 어떤 종류의 기를 품은 자들인지는 파악이 가능했다.

음습하고 차갑다.

오염되어 있지만 추악함으로 강건하게 일어선 자들.

육체의 단련도 단련이지만, 육안으로 보이지 않는 기를 오염시켜 무기로 삼은 희대의 독종들.

'독기(毒氣).'

사천당가의 독인들이 아니라면 이 정도로 정예화 된 독인들이 어디에서 나타났겠는가.

진조월의 입가가 살짝 씰룩였다.

'제대로 찾았군.'

그는 살짝 여설옥과 제영정을 바라보며 말했다.

"너희는 천천히 찾아와라. 먼저 간다."

파바바박!

순간 바닥에 단단히 여문 눈과 돌이 터져 나갔다.

뭔가 번쩍 하는 순간 그의 신형은 한 줄기 번개로 화해 저 너머로 사라져 갔다.

무시무시한 속도였다. 바람도 이렇게 빠르지는 못할 것이다.

감히 흉내 내지도 못할 무자비한 진조월의 신법에 둘은 입만 떡 벌렸다.

그리고.

날카로운 눈으로 주변을 살피며 자신의 꿈을 찾아가고 있는 명완석의 뒤로.

악의와 살의로 무장한 사자가 마침내 나타났다.

까마귀가 거세게 울고, 빠진 깃털 한 자락이 사신(死神)의 얼굴을 스쳐 지나가 뒤로 날았다.

나무와 나무 사이를 빠져나오는 바람이 사신의 옷깃을 제멋대로 희롱하며 허리춤에 찬 격정어린 파검은 제 스스로 울어 댄다.

명완석의 시선이 천천히 뒤로 돌아갔다.

진조월이 하얗게 웃었다.

너무도 만나고 싶었던 사람이었다.

악의와 연정은 이토록 닮은 구석이 많다.

"명완석."

명완석의 안색은 차갑게 굳어졌다가 이내 부들 부들 떨렸다.

믿을 수 없는 광경을 본 사람처럼, 귀신을 본 사람처럼 유난히 하얀 얼굴은 새파랗게 질려 버렸다.

폭발 직전의 화산은 조용한 법이고, 폭풍이 몰아치기 전날 밤은 고요하다.

진조월의 몸에선 아무런 기세도 나타나지 않았지만, 그 고요함은 기분 나쁘도록 빠르고 스산하게 명완석을 덮쳐 왔다.

슬슬 겨울이 가고 봄의 새싹이 기지개를 켜기 위해 땅 깊은 곳에서 준비를 맞이하는 이월의 말.

격렬한 여름의 폭염과 겨울의 한풍을 달고 나타난 사신의 눈이 자신의 적을 명확하게 인지하는 순간이었다.

\* \* \*

명완석의 눈동자는 어느 미친 자의 광란을 본

순수한 처녀의 그것처럼 찢어질 듯 커졌다.

본능적으로 체내에 운집한 독기가 일어나며, 그의 눈동자가 짙은 녹색으로 물들었다.

독공(毒功)의 경지가 얼마나 깊으면 검은 동공을 차지한 녹안(綠眼)의 색깔이 엄청나게 짙었다.

"……진조월?"

"기억은 하는군."

여전히 진조월에게는 살기가 없었다.

아니, 아직 빠져나오지 못하고 있다는 게 맞는 말이리라.

너무 살기가 커서 체내에 꿈틀거리다가 폭발하기만을 기다리고 있으니 이는 사상 유래를 찾아보기 힘든 기세의 폭발일 것. 즉, 그만큼 진조월의 한이 크다는 뜻이리라.

명완석은 살짝 몸을 떨다가 이내 한숨으로 평정을 되찾았다.

단순히 그것만 보아도, 심성의 문제를 떠나 그의 심력이 얼마나 대단한지 알 수 있으리라.

"당신이 출두했다는 정보는 들어 알고는 있었으나 설마 했소. 게다가 무공이 전폐된 상황에서 왜 다시 모습을 드러냈는지 의아했지. 이유를 알겠군. 이전의 힘을 온전히 찾은 것이오?"

"그게 중요한 건 아니지."

진조월의 담담한 말투가 이어진다.

"너는 오늘 죽어. 당연히 곱게는 못 죽지. 저 땅 밑, 총 열 개의 지옥을 차례차례 순회하며 영혼까지 갈가리 찢어 줄 것이다. 기대하라고."

극한까지 폭발하는 살기를 담아 이야기하는 것도 능히 공포스럽지만, 담담한 말투로 끔찍한 내용을 입에 담는 그의 모습 역시 공포 그 자체라 할 만했다.

명완석은 슬쩍 입술을 깨물었지만 이내 너털웃음을 지었다.

"참으로 자신만만하시군. 뭘 믿고 이리 방자한지 모르겠소. 하기야 당신의 그 밑도 끝도 없는 독기와 자신감은 내 예전부터 알고 있었지. 하나 상대를 잘못 찾아왔소."

어느 순간부터 명완석의 등 뒤로 열 명의 사내들이 진을 쳤다.

흩날리는 녹의(綠衣).

기괴한 복장에 하나 같이 녹색의 동공을 빛내는
이들이었다.

독공을 연마한 죽음의 사자들, 녹귀단의 정예들
이었다.

그들 역시 진조월을 알아본 듯 경악한 얼굴이지
만, 그렇다고 스스로의 위치를 잊지는 않았다. 그
들의 정렬 모습은 이미 하나의 진(陣)을 이루고
있었다.

과연 철혈성의 정예부대 중 한 곳이라 할 만했
다.

"당신이 아무리 강해도 나 하나 감당하기 어려
울 터인데 내 뒤에는 십 년 가까이 가르친 녹귀십
영(綠鬼十影)들도 있소. 차라리 잘되었군. 대역
무도한 죄를 저지른 당신을 내 사로잡아 친히 성
주님께 데려가야겠소."

씨익 웃는 명완석의 모습은 청수해 보였다. 그
리고 추악해 보였다.

삼 년 전, 그때의 그 모습과 하나도 달라진 것이
없어 진조월의 살기는 내부에서 증폭되어만 갔다.

그러나 진조월 역시 평범한 인물은 아니었다.

그는 명완석의 얼굴에서 보이는 아주 작은 초조함을 보았다.

문득 진조월은 대지에서 살며시 일어나는 기이한 기운을 느꼈다.

이전에도 느꼈던 기(氣)였다.

뜨겁고도 영성이 트여 숨만 쉬어도 청량하게 만드는 뭔가가 있었다.

그저 산세가 좋고 산이 품은 기운이 좋아 그런 줄 알았거늘, 막상 이곳에 도달하니 단순히 산세의 문제가 아니었다.

저 땅 밑에서부터 피어오르는 상큼하고도 뜨거운 기운. 화기(火氣)와 영기였다.

끝을 모를 정도로 짙은 화기가 대지에서 맴돌고 있었다.

보면 땅은 눈을 가득 머금었지만, 땅 밑에서는 폭발하기 직전에 화산이 꿈틀거리고 있었다.

진조월의 입가에 차가운 미소가 어렸다.

"영약을 찾으러 온 것인가."

명완석의 표정에는 변함이 없었다.

하지만 이미 외관을 넘어 사람의 내부 욕망부터

읽어 버리는 진조월의 마안(魔眼)을 피할 수는 없었다.

더군다나 명완석처럼 욕망의 덩어리라 할 수 있는 자라면 특히나 그의 눈을 피할 수 없다.

"이 정도의 화기가 충만한 영약이라면 필경 만년삼왕 정도는 되어야 마땅한데. 그래, 그렇군. 자주 이곳에 온다 싶었더니 만년삼왕을 채집하기 위해 온 것인가. 네놈의 그 더러운 연구는 아직도 계속되어 가는 것인가?"

명완석의 표정이 점점 차가워진다.

그의 뒤에서 진득한 살기를 발하는 녹귀십영들의 표정은 이미 일그러질 대로 일그러져, 당장이라도 진조월을 때려 죽일 기세였다.

"만년삼왕의 영기를 느낄 정도로 기에 민감하다면 이미 이전의 실력을 넘어선 모양이오. 이것 참 통탄할 만한 일이로다. 사문의 배덕자가 어떤 천명을 받았기에 이 정도의 힘을 깨우쳐 다시 나타난 것인지 궁금하기 짝이 없군."

이미 그가 어떤 말을 해도 진조월의 화는 돋울 수가 없다.

극한까지 뻗어 나간 그의 분노와 한은 너무나도 커서 이미 평범해 보일 정도였으니, 나름의 격장지계를 위해 진조월을 건드리는 명완석의 수고는 실상 애초부터 필요가 없었다.

그의 존재 자체가 진조월에게는 최고의 분노였다.

"나는 말이지."

진조월의 양손이 앞으로 천천히 올라갔다.

그가 어떤 짓을 할지 모르는 명완석 역시 살짝 긴장하며 한 손을 올렸다. 그의 손에는 순식간에 시커먼 안개가 모여들었다.

"허수아비들을 상대로 시간을 끌고 싶지 않아. 나는 너만 있으면 된다. 너만이 지금 당장 나의 분노를 풀어 줄 수 있어. 네놈만 있다면, 네놈 뒤에 있는 버러지들은 아무런 상관이 없다는 뜻이다."

진조월의 몸에서 슬슬 살기가 뻗어 나왔다.

아주 미약한 속도로 흐르는 살기는 이내 점점 속도가 붙더니 순식간에 세상을 파멸로 이끌어 낼 사신(死神)의 그것처럼 강렬해진다.

명완석과 녹귀십영들의 얼굴이 창백해졌다. 그들로써는 가늠하기조차 어려운 살기의 집약이었다. 태어나 이처럼 지독한 살기를 받아 본 적이 없던 그들의 움직임이 순간 굳어졌다.

그때 정면으로 쫙 편 진조월의 양손이 천천히 오므라든다.

"크아아악!"

"으아아!"

우드득, 우드득 하는 기분 나쁜 소리와 함께 녹귀십영들의 몸이 천천히 우그러들었다.

이 기가 막힌 광경에 명완석은 입만 쩍 벌렸다.

자신의 뒤에서 하나의 진을 짜며 유기적으로 기를 보내고 있었던 열 명의 고수들이 하나같이 거대한 괴수가 잡아 뭉개는 것처럼 몸이 일그러졌다.

본능적인 위협에 독기를 풀어 힘을 내는 십영들이었지만, 그것은 바위를 향해 계란을 던지는 것과 별다를 바가 없었다.

팔다리가 뒤틀리고 쇄골이 부러진다. 척추가 꺾여서는 안 될 방향으로 몸을 틀어 뼈의 개수를 늘

려만 갔다. 체내에 혈압이 극한으로 높아져, 그들의 눈동자는 이내 툭 불거지더니 금방이라도 전면으로 튀어나올 것처럼 요동친다.

이내 진조월의 양손이 완전하게 오므라들어 주먹으로 변했을 때.

으드득, 으드득 하는 끔찍한 소음을 동반하며, 그렇게 열 명의 녹귀십영들은 생을 마감했다.

열 명의 생명이 열 개의 핏덩이로 변하는 시간은 느렸지만, 느린 만큼의 공포를 세상으로 전파하는 데에 큰 기여를 하였다.

명완석의 얼굴이 창백해졌다.

"극한에 이른 압벽장……."

오행굉렬포와 함께 마도십대장공 중 수위를 다투는 최악의 살상 장공.

기세의 발현으로 상대를 아예 핏덩이로 만들어버리는 끔찍한 무공이었고, 그 기괴함에 맞게 난해하기 짝이 없어 과거 천마궁 시절에서도 이것을 익힌 무인은 다섯 손가락 안에 들 정도였다.

내공소모가 많은 만큼 위력 하나도 무쌍(無雙).

진조월은 천천히 파검을 뽑았다.

스르릉 하는 기괴한 울림과 함께 모습을 드러낸 파검은 진조월의 손을 타고 이어지는 기에 반응하여 우우웅 떨렸다.

한순간에 주변으로 귀기가 창궐하였다.

"네놈은 쉽게 죽지 못하지. 압벽장에 죽은 저들을 부러워할 정도로, 네놈을 잘게 썰어 주겠다. 기대하라고."

하얗게 웃는 진조월의 몸에서 화산과도 같은 살기가 사방으로 뻗어 나갔다.

화아아악!

뜨거운 바람. 하지만 그 바람을 맞는 명완석은 까닭 모를 한기에 몸을 떨었다.

엄청난 살기였다.

어지간한 고수조차 이 살기 앞에서는 피를 토하고 쓰러지리라.

그러나 명완석은 철혈성주의 총애를 받는 수하였고, 강호에서도 명성이 자자한 독공의 대가였다.

그는 이를 꾹 악물더니 차갑게 웃었다.

"대단한 성취요. 이 정도면 대공자에 비해도 떨

어지지 않을 만큼 막강하군."

"그런 건 상관이 없어. 어디 발악이라도 해 보시지. 그래야 죽일 맛이라도 있을 것 아닌가?"

참혹하기 짝이 없는 말이었다.

하지만 명완석은 역시 만만한 상대가 아니었다.

그는 미소를 지으며 오히려 진조월을 건드린다.

"날 죽일 수 있는 능력이라도 되는지 모르겠지만, 설령 그럴 수 있다 하더라도 당신이 감히 날 죽일 배포나 있겠소?"

진조월의 불꽃처럼 강렬하고 차가운 눈동자가 명완석의 눈동자에 닿았다.

명완석은 눈이 타 버릴 것 같은 고통에 식은땀이 흘렀지만 표정에 변화는 없었다.

"벽소영."

천천히 걸음을 옮기려던 진조월의 발이 멈추었다.

명완석이 미소가 짙어졌다.

"그녀의 얼굴이 보고 싶지 않소?"

"……!"

"날 죽이면 영원히 그녀를 볼 수 없소. 물론 그

래도 보기 어려운 건 사실이나, 그녀를 다루는 사람이 나임을 잊지 마시길 바라겠소. 하긴, 이미 제정신은 아니니 그녀가 당신을 알아볼 리는 만무할 것이오."

진조월의 눈동자가 살짝 커졌다.

파검을 쥔 손은 부들부들 떨리고, 사방으로 뻗어나가는 살기의 농도는 조금 더, 짙어지고 있었다.

벽소영이라는 세 개의 글자가 그를 이렇게나 흔들고 있었다.

목적을 위해서라면 주저 없이 자신의 한 팔이라도 자를 진조월이었으나, 벽소영이라는 이름은 이미 그러한 영역이나 문제를 떠난 것이었다.

함부로 움직일 수 없게 만드는 이름이다.

'소영……?'

진조월의 살기가 커져만 가고, 반대로 명완석은 속으로 이를 악물었다.

'지독한 살기다.'

아무리 생각해도 이해할 수 없을 정도의 살기였다.

자신이 진조월과 원한 관계에 있다는 건 당연하다. 하나 이 살기는 설명할 방법이 없었다. 이 정

도의 살기를 품었다면 진즉 미쳐야 정상이 아니던
가. 사람이 낼 수 있는 살기가 아니었고 기세가
아니었다.

정말 마음 같아서는 등을 돌리고 달아나고 싶었
다. 하지만 달아나는 순간 진조월의 검은 그의 등
판을 꿰뚫을 것이고, 기실 그것을 떠나서라도 그
는 이곳에서 도망칠 수 없었다.

꿈에서라도 그리던 만년삼왕이 이제 기지개를
켜려 하는데, 이 천고의 영약을 두고 어딜 간단
말인가.

그래서 명완석은 진조월의 속을 긁었다.

진조월은 천천히 고개를 숙였다.

부들부들 떨리는 몸, 그리고 천천히 수그러드는
살기.

명완석은 그제야 속으로 회심의 미소를 지었다.

'역시 네놈은 어쩔 수가 없군.'

사람의 인연이란 무거운 족쇄와 같은 것, 세상
의 더러운 생리를 깨달았을 때부터 명완석은 누구
도 믿어 본 적이 없었다.

수하들은 사용하기 편한 도구에 불과했고, 모시

는 상전은 언제라도 뒤통수를 칠 수 있는 장난감에 다름이 아니었다. 욕정을 풀 여인들에게 정을 주어 본 적이 없으며, 친우라 한들 술잔 속에 당장 독을 풀 독심도 있었다.

그런 하찮은 것에 얽매이는 순간 목숨이 위험해진다.

지금의 진조월처럼.

명완석은 속으로 구결을 읊어 가며 자신의 손을 살짝 올렸다.

어느새 장심(掌心)으로 모여든 시커먼 구름은 그 크기가 작았지만, 아주 미약한 기세를 품어 누구도 알아채기 어려울 것이다.

작은 구름. 그 구름 속에 품은 독기는 단박에 바위도 녹일 정도일 터. 겨우 피륙으로 이루어진 인간의 몸으로는 받아 낼 수 없다.

그는 속으로 미소를 지으며 냅다 독장(毒掌)을 뻗어 내려 했다.

그때였다.

번쩍 고개를 든 진조월.

그 눈동자는 이전보다 훨씬 차갑고, 훨씬 뜨거

워졌다. 상반된 기세를 품은 동공에서 뻗어 나오는 살기의 농도는 이전과 비할 바가 되지 않는다.

그가 이빨이 드러나도록 하얗게 웃었다.

"그래도 일단 네놈은 죽여야겠다."

저 하늘 높은 곳에서 빙빙 돌던 까마귀가 사납게 울며 나무에 내려앉는다.

커다란 몸체, 강철과도 같은 부리, 흑청색으로 빛나는 작은 눈동자는 자신의 이름과 같은 이름을 부여받은 이와, 그런 사신의 재물이 될 자를 동시에 바라보고 있었다.

진조월의 파검이 공간을 가르며 질러 갔고, 명완석의 독장이 공기의 저항을 뚫어 가며 전면으로 향한다.

한때 철혈성 삼공자였던 진조월.

녹귀단의 단주로 혁혁한 명성을 쌓은 철혈성의 독아(毒牙) 명완석.

두 사람의 경천동지할 싸움이 드디어 벌어지려 하고 있었다.

외전(外傳)(2)

타구르는 입을 떡 벌렸다.

어디서부터 잘못되었는지 모르겠지만 지금 지난 일을 후회하는 것은 그다지 매력적인 일이 되진 못할 것이다.

그래도 그는 스스로를 탓하고 지난 잘못을 떠올릴 수밖에 없었다.

그것이 현실에서 눈을 돌리는 방법이라는 걸, 본능적으로 깨달았는지도 모르겠다.

대(大)몽고의 군영에서도 천인장(千人將)의 위치에 선 사람이 자신이었다.

비록 만인장(萬人將)은 되지 못했지만, 스물다섯이라는 젊은 나이로 그가 천인장이 된 것은 전적으로 능력의 대단함이 남들과 비교하기 어렵다는 것을 뜻한다.

그는 어떠한 한인(漢人)들보다도 전략전술에 능했고, 일신에 새긴 무력 역시 고수라 불리기에 부족함이 없었다.

더하여 그는 전쟁을 진정으로 꿰뚫어 보는 눈을 가진 군인이고, 피를 보기 두려워하지 않는 투쟁심도 대단했다.

적어도 그가 나서서 이기지 못했던 전쟁은 없었다.

그 전설적인 위업들이, 지금 이 순간 바닥에서부터 무너져 내리고 있었다.

야간의 기습 작전으로 적군의 혼을 빼놓은 뒤 퇴로를 차단하고 병력을 운용.

거대한 초원의 열사로 모는 심리전까지 펼쳤다.

기름진 땅에서 커온 한인들은 지형적인 이점을 제대로 활용하는 몽고족과의 전쟁에서 매번 큰 수 모를 당했고, 이러한 절묘한 심리전과 전술로 타구르는 많은 승리를 거머쥐었다.

저들을 열사로 몬 이후, 차근차근 말려 죽이리라 다짐했던 타구르였다.

실제로 그의 작전은 맞아 떨어져 명국(明國)의 군인들은 하나, 둘 목숨을 잃어 갔다.

거대한 포위진을 형성하여 이제 끝장만 내면 이번 전쟁도 승리일 터.

그렇게 다 이긴 전쟁이 한순간에 뒤집혔다.

자신들의 포위망보다 더욱 큰 포위망을 조심스레 형성한 채 벼락처럼 달려들어 창칼을 휘두르는 명의 군사들.

비록 뙤약볕에 익어 제대로 된 몸 상태가 아니었지만, 그들의 귀기 어린 눈빛과 냉정한 살수는 가히 귀신의 그것에 준할 만했다.

저 멀리서는 무차별로 화살이 날아왔고, 그 사이로 수백 필의 말이 질주한다.

강궁(强弓)에 걸린, 수를 헤아리기도 힘든 화살들에 맞아 쓰러진 아군의 피해가 물경 이천에 달한다. 단 한순간에 죽어 나간 숫자라고 보기에는 그 숫자가 지나치게 많았다.

마치 전쟁을 다스리는 신이 죽음의 손을 뻗다가 이내 뺀 느낌이었다.

'이럴 수가!'

명나라의 군사 역시 일발역전의 한 수가 남아 있었던 것이다.

하지만 타구르는 믿을 수 없었다.

이와 같은 기습과 역전의 한 수를 펼치기 위해서는 아군을 냉정하게 희생시키는 독심이 있어야만 한다.

물론 그 역시 승리를 위해서 병사 몇의 희생은 가볍게 불사하는 정도였지만, 명나라 군인들은 깊이에서부터 달랐다.

함정으로 끌어들인 군인들의 숫자만 수천이다.

그중 태반이 죽어 나갔고, 살아남은 자들 역시 탈수와 과다출혈 등의 중상으로 골골대고 있지 않은가.

이런 어마어마한 숫자의 희생자를 내면서까지 이번 전쟁에서 이기고 싶었던 것인가?

동시에 이해도 간다.

이번 전쟁은 양측 모두에게 실로 중요한 전투라고 할 수 있었다.

땅을 차지하기 위한 전투.

각 병력들의 숫자 역시, 흔치 않은 대병력의 접전이었다.

그러나 이 정도의 파격적인 수까지 쓸 줄은 감히 상상도 못했다.

명나라의 군사들 중, 전략전술에 능하면서도 지닌바 냉정함과 독심이 하늘에 닿은 미친 작자가 있어야만 가능한 전술이 아닐까 싶다.

오로지 화살로만 전력의 칠 할이 날아가 버린 몽고군이었다.

어떻게든 피하거나 막아 가고, 희생자의 숫자가 점점 줄어드는 추세였지만, 그래도 어마어마한 학살이었다.

타구르는 이를 악물었다.

"전군은 후방으로……!"

그는 말을 잇지 못했다.

저 멀리서 빛살 하나가 무시무시한 속도로 쏘아지고 있었다.

먼 거리임에도 포물선을 그리지 않은 채 직선으로 날아오는데, 쾌속함이 번개처럼 빠르다.

따아아아앙!

길고 서글픈, 핏빛 웃음 소리가 울리는 것 같았다.

재빨리 마상에서 내려와 바닥을 굴렀지만 얼마나 화살이 강하고 빠른지, 그의 철제 투구가 한 방에 날아가며 이마가 길게 찢어졌다.

판단이 아주 약간만 늦었어도 화살이 이마를 관통했을 것이다.

식은땀을 흘리며 벌떡 일어난 타구르의 눈에 한 떼의 군사들이 보였다.

중갑이 아닌, 움직이기 쉽고 가벼운 경갑을 입은 자들.

모두 우람한 흑마를 탄 이들은 시커먼 피풍의를 두른 채 무서운 속도로 질주하고 있었다.

순간 타구르의 머리에 하나의 전설적인 부대가 떠오른다.

사막의 모래바람을 타고 날아와 귀신처럼 목숨을 취하는 야차들.

그들이 지나간 곳에는 풀 한 포기 남지 않는다
고 하였다.

지옥에서 갓 올라온 백 마리의 야차는, 적군이
라면 남녀노소를 가리지 않고 오로지 살육만을 반
복한다고 들었다.

적아를 떠나 전쟁터 자체에서 전설적인 공포로
군림하는 부대.

백의 병력으로 천의 군사를 도륙해 버린다는 신
화적인 군인들.

특히나 최근 일어난 전쟁 덕에 급속도로 유명세
를 타 악덕으로 얼룩져진 악귀들.

"야차부대!"

분명 서쪽으로 파견을 갔다고 들었던 야차의 부
대가 왜 이곳에 있는 것인가?

또한 타구르는 부대의 앞에서 유난히 돋보이는
존재를 파악했다.

창날처럼 날카롭게 질주하는 시커먼 귀신들 최
선두에는 활을 허리에 걸고 재차 기다란 창을 든
채 광기 어린 살기를 발산하는 하나의 존재가 있
었다.

사람의 탈을 뒤집어썼지만, 도무지 사람이라 느껴지지 않을 파멸적인 기세를 발하는 악마가.

　야차들의 대장.

　사영귀이자, 사신이며, 전신(戰神).

　몽고군 입장에서는 최악의 무적자(無敵者)가 달려오고 있다.

　"야차왕까지!"

　그들이 다가오는 속도는 번개였고 기세는 폭풍과도 같았다.

　우왕좌왕하는 몽고군의 군사들을 해일처럼 덮어가는 야차들.

　"으아악!"

　"케엑!"

　끔찍한 비명과 소름 끼치는 핏물이 사방으로 터져 나간다.

　무서운 돌진력과 신들린 무학으로 무차별 살육을 하는 검은 피풍의의 야차들에게는 자비란 없었다.

　일당백의 병사들이라 생각했던 타구르의 병사들이 마치 속이 텅 빈 나뭇가지처럼 모조리 부서져

나간다.

모든 몽고군이 땅 밑으로 추락하는 시간.

그 시간 단 이각이었다.

이각이라는 짧은 시간 동안…… 승리를 의심치 않았던 몽고의 막강한 부대 하나가 완전히 소멸하기에 이르렀다.

타구르는 털썩 무릎을 꿇었다.

그의 앞으로 한 명의 사내가 다가오고 있었다.

아직 청년이라 불리어도 무리가 없을 나이.

햇볕에 그을려 건강한 피부를 자랑하지만, 적군을 바라보는 눈빛은 사막의 뜨거운 태양을 얼려 버릴 정도로 차갑기 짝이 없다.

"야차왕……."

"네가 타구르였군."

태양의 열기에 익어 핏물도 다 날아가 버린 창날이 타구르의 뒷목에 닿았다.

소름 끼치는 감각에 그는 몸을 떨었다.

"그간 우리 병사들을 많이 괴롭혔다고 들었다. 그 죄는 목숨으로 갚아라."

묵직한 목소리.

타구르는 자신의 가슴에 찬바람이 이는 걸 느낀다.

그는 이를 악물었다.

괜히 눈물이 왈칵 쏟아져 나올 것 같았다.

"너희 같은 악귀들이 감히 나를 질책한단 말이냐! 네놈들 또한 우리와 다르지 않다! 수천의 아군을 함정으로 몰아넣은 악귀들 주제에 감히 나에게 죄를 묻는단 말이냐?!"

"안다."

"뭐라고?!"

"다 안다. 나나 너나, 결국 명에 의해 전장으로 나온 몸. 누군가를 모욕하는 건 온당치 못한 처사겠지."

청년의 눈동자 속, 아주 작은 아픔이 떠오른다.

"그러나 대명제국의 군인인 나에게 있어서, 너희들의 행위는 죄일 수밖에 없다. 나의 존재 또한 너희에게 악이자 죄겠지. 너의 마음을 이해한다."

창날이 부르르 떨린다.

"나 역시 하늘 아래 한 점 부끄럽지 않은 명나

라의 군인으로서 살아갈 터이니, 너 또한 몽고의 군사로서 부끄럽지 않은 죽음을 맞이하라. 후생이 있어 너를 만난다면, 그때 내 너에게 목을 건넬 기회를 주겠다."

타구르의 안색이 평온을 찾았다.

적어도 악귀라 생각했던 야차왕은…… 당당한 군인이자 무인이었던 것이다.

이러한 적장에게 목숨을 내준다면 그래도 아깝지는 않으리라.

그렇게 몽고군에서 손가락 안에 드는 무용과 전술의 귀재로 이름을 떨쳤던 타구르는 목숨을 잃었다.

타구르의 수급을 들어 아군의 함성을 이끌어 낸 청년은 문득 하늘을 보았다.

뜨겁게 작렬하는 태양.

하지만 똑바로 마주할 수 없는 강렬함 때문에 마냥 따뜻하지 못하다.

"후생에서 목숨을 건네줄 사람들이 너무 많아, 너의 손에 죽어 줄지는 장담하지 못하겠다. 미안하다."

청년의 눈에서 눈물이 흘렀다.

뜨거운 사막의 바람과 작렬하는 태양빛이, 그의
눈물을 금세 날려 버렸다.

그렇게 야차부대와 야차왕의 이름은 전설이 되
었다.

〈『비월비가』 제3권에서 계속〉

www.bbulmedia.com

www.bbulmedia.com